천극의 서

天極之書

권인호 신무협 장편소설

ORIENTAL FANTASY STORY & ADVENTURE

4

dream books
드림북스

천극의 서 *4*

천하오절표 이십사수매화검법

초판 1쇄 인쇄 / 2010년 11월 16일
초판 1쇄 발행 / 2010년 11월 26일

지은이 / 권인호

발행인 / 오영배
편집장 / 허경란
편집 / 신동철, 문보람, 오미정
본문 디자인 / 신경선
펴낸 곳 / (주)삼양출판사 · 드림북스

주소 / 서울특별시 강북구 송천동 322-10호
대표 전화 / 02-980-2112 팩스 / 02-983-0660
편집부 전화 / 02-980-2116 팩스 / 02-983-8201
블로그 / blog.naver.com/dreambookss

등록번호 / 제9-00046호
등록일자 / 1999년 3월 11일

값 8,000원

ISBN 978-89-542-3977-6 04810
ISBN 978-89-542-3675-1 (세트)

* 지은이와 협의하에 인지는 생략합니다.
* 잘못된 책은 구입한 곳에서 바꾸어 드립니다.

天極之書
권인호 장편소설
4
천향이 절로 이십사수매화검법
dream books
드림북스

목차

제1장

천풍, 천하사절의 비급을 보다

천극의 서

옥면신룡이라니?

옥면신룡이라면…… 그래, 취옥선으로부터 들었다.

천하사절의 전인이라고 했다.

송옥과 반안에 비견되는 미남자라고도 했다.

자신은 천하사절의 전인도 아닐 뿐더러 송옥과 반안에 비견되는 미남자는 더더구나 아니다. 한데 취옥선도 그렇고 염장도 그렇고 왜 자신더러 옥면신룡이라 하는 것일까?

"저기…… 뭔가 오해가 있으신 것 같은데, 전 옥면신룡이……."

천풍은 채 말을 끝맺지 못했다.

"염 단주님의 말씀, 듣기에 거북하군요."

비급의 주인들 중 하나가 그렇게 천풍의 말을 잘랐다.

"여기엔 검절의 전인도, 천하사절의 유일한 계승자도 없습니다. 이미 말씀을 드렸을 텐데요? 우리 모두를 납득시키지 못한다면 이를 아무도 인정치 않을 것이라고요."

말을 끊은 사내가 사뭇 도전적인 눈으로 천풍을 보았다.

"우리는 떠도는 소문 같은 것은 믿지 않습니다. 우리 외에 달리 천하사절의 계승자가 있다는 것 또한 믿지 않습니다. 그러니 우리를 납득시키려면 그에 합당한 증좌를 보여야 할 것입니다. 그 전에는 절대로 인정치 않을 것임은 물론이거니와 오늘 이후로 함부로 천하사절의 이름을 입에 담는 것 또한 절대로 용납지 않을 것입니다!"

스스로 옥면신룡이라는 자각조차 없는데 증좌란 것이 있을 리가 없다. 천풍에겐 저들이 저렇게 열을 내는 모습마저도 생뚱맞기만 했다.

"그러니까 저는 옥면신룡이……."

하지만 이번에도 천풍은 말을 끝맺지 못했다.

"말인즉슨, 인정을 받고 싶으면 '실력을 보여라' 이 뜻이로군요."

이번엔 추도향이었다. 그리고 추도향의 말을 염장이 받았다.

"그렇지요. 무림에서 그보다 더 명백한 증거도 없으니까요."

추도향의 말에 염장이 크게 고개를 주억거리고는 천풍을 본다.

"그래서 제가 지금은 힘을 보여야 할 때라고 말씀을 드린 겁니다."

조금 전 들었던 말이다.

양보도 숨김도 없이, 가진 힘을 모두 보이면 모든 것이 순리대로 풀려나갈 거라고도 했었다.

불쾌한 기분이었다.

부추기는 말투에서 뭔가 다른 속내가 느껴지는 것도 그랬고 이미 이러한 상황을 다 예측하고 있었다는 듯한 태도도 그랬다. 이건 마치 부처님 손바닥 안의 원숭이라도 된 것 같은 기분이었다.

'대체 염 단주님은 무슨 생각을 하고 계시는 거지?'

새삼 염장의 의도가 의심스러웠다.

청무도장으로 자신을 찾아온 것부터 무림대회로의 초대, 그리고 지금 이렇듯 자신을 옥면신룡이라 하며 천무구룡과의 싸움을 부추기는 것 모두 분명히 뭔가 다른 목적이 있는 것이다.

의심을 묻어둘 이유가 없었다. 그래서 물었다.

"단주님께서 그러셨죠. 가진 힘을 모두 보이면 모든 것이 순리대로 풀려나갈 거라고."

"그랬지요."

"대체 뭐가 순리대로 풀려나간다는 거죠? 순리대로 풀려나간 그 끝에는 뭐가 있는 겁니까?"

천풍의 질문은 염장이 진정으로 그에게 바라는 것, 그리고 그를 통해 얻고자 하는 것이 대체 무엇인지 그것을 묻는 것이었다.

천풍의 질문이 갑작스러울 법도 하건만 염장에게선 아무런 동요도 보이지 않았다. 오히려 입가에 머금은 미소에선 마치 천풍이 그렇게 물어오길 기다리고나 있었다는 듯한 여유마저 느껴졌다.

"일전에 제가 드렸던 말씀 기억하십니까?"

"……?"

"이번 무림대회가 이처럼 큰 규모로 치러지는 이유 말입니다. 무림인들이 이번 무림대회를 통해 얻고자 하는 것, 그리고 보고자 하는 것……."

들은 기억이 있다.

"새로운 질서에 대한 열망이란 것…… 말씀입니까?"

"바로 그것입니다. 모든 것이 순리대로 풀려나간 그 끝에 있는 것이 바로 새로운 질서입니다. 제가 바라는 것 또한 다르지 않습니다."

"……."

"어차피 이제는 여기에 계신 분들 모두가 알아야 할 때이니 숨김도 감춤도 없이 말씀드리겠습니다."

염장이 의미심장한 눈빛으로 천풍을 비롯하여 천무구룡을 둘러보았다. 그리고 그보다 더 의미심장한 말투로 힘주어 말했다.

"이번 무림대회는 무림대회이기 이전에 개파대전(開派大典)입니다!"

말투는 의미심장했지만 천풍은 물론이고 천무구룡들조차 어리둥절한 얼굴들이었다.

염장의 말에 가장 먼저 대꾸를 한 것은 오히려 추도향이었다.

"개파대전이라니…… 문파라도 세우겠다는 건가요?"

"바로 그렇습니다. 새 문파를 열 생각입니다."

추도향의 질문이 있고 염장의 대답이 있은 다음에야 이해를 하는 눈치들이다. 그렇다고 해서 염장의 말을 모두 납득을 한 것은 아니었다. 그 말을 있는 그대로 받아들이기에는 염장의 이어진 말이 너무 어마어마했다.

"새 문파를 열 것입니다! 그것도 무림사세와 어깨를 견줄 수 있는, 그리해 명실공히 무림의 새 질서가 되어줄 그런 문파를 말입니다!"

염장의 말에 좌중은 그야말로 충격일색이었다.

어떤 이들은 완연한 불신으로 염장을 보았고 어떤 이들

은 열띤 흥분으로 염장을 보고 있었다. 하지만 이번에도 먼저 반응을 한 것은 추도향이었다.

"무림사세와 어깨를 견주다니…… 그런 가당찮은 꿈을 정말로 꾸고 있는 것은 아닐 테죠?"

"그런 가당찮은 꿈, 정말로 꾸고 있습니다."

"미쳤군요! 미치지 않고서야 무림인도 아닌 일개 상단의 주인이 그런 허무맹랑한 망상을 할 리가 없죠!"

간단히 냉소해 버린다. 그도 그럴 것이 그녀는 엄연히 도문의 제자였고 도문은 염장이 어깨를 견주겠다 했던 바로 그 무림사세 중 하나인 것이다. '감히' 라는 단어와 거기에 살기가 더해지지 않은 것만 해도 그녀로서는 많이 참은 거였다.

추도향이 간단히 냉소하자 염장은 이를 또한 간단히 수긍했다.

"맞습니다. 일개 장사치 따위가 꾸기에는 분명 허무맹랑한 꿈입니다. 저도 사실 과연 이 일이 천에 하나, 만에 하나라도 가능성이 있는 일인가, 바로 며칠 전까지도 의심을 했었습니다. 그러다 소식 하나를 듣게 됐습니다. 도제께서 이곳 소주로 오셨다는……."

느닷없이 도제의 이름이 등장하자 추도향이 상큼 미간을 찌푸렸다.

"그것과 이 일이 무슨 상관이라는 거죠?"

"역시 소문이 거짓은 아니었나 보군요."

"그러니까 그게 무슨 상관이죠?"

"물론 상관이 있습니다. 도제께서 무림대회에 맞춰 무려 20년의 은거를 깨고 이곳 소주로 왔다는 것, 이는 분명 천하사절과 무관치 않다는 뜻입니다. 달리 말하면 도제의 20년 은거를 깨트릴 만한 힘이 천하사절에게 있다는 것입니다. 그러한 천하사절이라면 무림사세로 대변되는 현 무림에 새로운 질서가 되어줄 수도 있지 않겠습니까?"

"……."

"천하사절의 이름으로 문파를 열고 그 이름으로 인재를 모은다면 천에 하나, 만에 하나의 가능성이 백에 하나, 열에 하나 정도로는 높아지지 않겠습니까?"

추도향은 반박하지 못했다. 염장의 말이 더 이상 허무맹랑하게만 들리지 않았다.

도제 백무강이 천하사절 때문에 이곳에 온 것도 사실이었고 천하사절 때문에 20년 은거를 깬 것 또한 사실이었다. 천하사절에겐 분명 그만한 힘이 있었다. 적어도 도제 백무강과 도문주 석조명은 그리 생각하고 있었다.

백에 하나, 열에 하나가 아니다.

천하사절이 정말로 도제가 보고 석조명이 느낀 대로의 인물이 맞다면 무림은 무림사세가 아니라 무림오세도 될 수가 있었다.

"그래서 여러분들이 필요한 것입니다."

염장의 눈이 천무구룡들을 향했다.

"제가 개파를 말씀드리긴 했지만 그렇다고 제가 그 문파의 주인이 되고자 하는 것은 아닙니다. 저는 장사치입니다. 그저 큰 장사를 해보고 싶은 것일 뿐, 새 문파의 주인은 어디까지나 천하사절의 뜻을 이은 여러분들이라는 말씀입니다. 그리고……."

염장의 눈이 천무구룡에게서 천풍에게로 옮겨졌다.

"공자님께서 새 문파의 중심에서 새로운 질서를 이끄셔야 합니다. 그 역할을 하실 분은 공자님밖에 없습니다. 옥면신룡이야말로 천하사절과 통하는 유일한 문이니까 말입니다. 그러니 힘을 보여주십시오. 공자님이야말로 새로운 질서에 걸맞는 분이라는 것을, 천하사절을 대신하기에 충분한 자격이 있다는 것을 지금 여기서 증명해 주십시오. 그리하면 염가상단이 가진 모든 힘을 다해서 공자님을 돕겠습니다! 공자님이 만들어 가실 새로운 역사에 아낌없는 밑거름이 되어드리겠습니다! 사내로 태어나서 그 넓은 가슴에 한 번쯤은 천하를 담아 봐야 하지 않겠습니까!"

방 안 모두의 시선이 천풍에게로 모아졌다.

뜨거웠다. 염장의 시선보다 천무구룡의 시선이 더 뜨겁게 느껴졌다.

그렇다고 천풍에게 달리 뭔가를 기대하는 시선은 아니

었다. 적의를 더욱 불태우는 것도 아니었다. 그저 염장의 말이 그들 마음에 뜨거운 불씨 하나를 던져 주었고, 그것이 품어서 삭이기에는 너무 강렬했던 것뿐이다.

이제야 알았다.

염장이 청무도장으로 자신을 찾아온 이유, 금첩과 신패를 주며 그를 무림대회로 초대한 이유……. 뿐만 아니라 그간 염장이 보였던 행동들과 그간 했던 모든 말들이 이제야 이해가 되었다.

역시 조건 없는 선심은 아니었던 것이다.

염장이 베풀었던 그 모든 선심은 결국 그보다도 훨씬 크고 훨씬 값진 것을 얻어내기 위함이었던 것이다.

울컥 짜증이 치밀었다. 실망인 것도 같고 배신감인 것도 같다.

하지만 지금 이 순간 천풍이 느끼고 있는 것은 단지 짜증만은 아니었다.

짜증의 한편으로 염장의 격정이 고스란히 전해져 와 천풍의 가슴에서 공명하고 있었다.

뜨겁고 뭉클한 것이 치밀어 올랐다.

천하를 담아 보라는 말에 스스로도 놀랄 만큼 흥분도 되었다. 그 같은 열정이 자신에게도 있었다는 게 신기하기까지 했다.

하지만 그뿐이었다.

염장의 꿈은 안타깝게도 천풍의 것이 아니었다.

"어디서 무슨 이야기를 듣고 이러시는지는 모르겠지만……."

다행히 이번에는 방해가 없다. 덕분에 지금껏 하지 못했던 말을 내뱉었다.

"저는 옥면신룡이 아닙니다."

그랬다. 그는 옥면신룡이 아니었다. 옥면신룡이 아니니 새 문파고 새로운 질서고 간에 그와는 전혀 상관이 없는 것들이었다. 애당초 이곳에서 이런 이야기를 듣고 있을 이유가 없었다. 천무구룡으로부터 이처럼 따가운 시선을 받아야 할 이유는 더더구나 없었다.

그러나 염장의 생각은 다른 듯했다.

"공자. 이렇게까지 된 마당인데 이제 그만 진실을 밝히시는 것이 좋지 않겠습니까?"

오해를 해도 아주 단단히 하고 있는 모양이었다.

천풍은 나직이 한숨을 내쉬었다.

"그러니까 밝힐 진실이라는 것이 저에겐 없는 것을 어찌하겠습니까? 저는 천하사절과는 일면식도 없습니다. 그들의 얼굴도 이름도 모르는데 어떻게 그들의 전인이 될 수가 있겠습니까? 애당초 왜 제가 이곳에서 이런 이야기를 듣고 있어야 하는지조차 이해가 되지 않습니다. 저와는 상관없는 일로 왜 이렇듯 추궁을 받고 또 해명을 해야 하는지 그 또한 당황스럽기만 할 뿐이란 말입니다."

그런 데다 오늘 처음 본 사람들이랑 싸우기까지 하라니? 이 얼마나 어이없고 황당한 일이란 말인가.

"다시 한 번 말씀드리지만 저는 옥면신룡이 아닙니다. 옥면신룡이 아닌 제가 여기에 있는 것부터가 사실 잘못된 일인 거죠. 그러니 저는 이만 물러가 보겠습니다."

천풍은 주저 없이 몸을 돌렸다. 더는 할 말도 없고 들을 말도 없었다.

가뜩이나 가시방석에 앉은 것처럼 불편했던 자리였기에 돌아서는 걸음은 빨랐다.

천풍이 그렇게 나가 버리자 좌중은 그야말로 혼란이었다.

하루를 꼬박 기다린 끝에 겨우 만났다. 그리해 자신들의 뜻도 밝혔다.

염장으로부터 개파에 대한 이야기를 들었을 때는 잠깐이나마 옥면신룡과 함께하는 미래를 생각해 보기도 했다.

한데, 이제 와 옥면신룡이 아니라니? 염장은 분명 그를 검절의 전인이자 천하사절의 유일한 계승자라 하지 않았던가?

천무구룡의 시선이 즉시 염장에게로 모아졌다. 하지만 그들이 볼 수 있었던 것은 천풍을 따라 급히 달려 나가는 염장의 뒷모습뿐이었다.

"공자, 잠깐만 기다려 주십시오."

염장의 다급한 목소리에 천풍이 걸음을 멈췄다.

급한 걸음으로 천풍에게 달려온 염장은 아직도 믿지 못하겠다는 얼굴을 하고 있었다.

"공자님은 정말로 자신이 옥면신룡이 아니라고 생각하십니까?"

"오히려 제가 묻고 싶습니다. 염 단주님께서는 어째서 저를 옥면신룡이라 생각하시는 겁니까?"

이젠 옥면신룡이란 이름만 들어도 지긋지긋하다.

천풍의 얼굴을 살피듯 빤히 바라보던 염장이 뭔가 알 수 없다는 표정으로 고개를 절레절레 저었다.

"정말로 모르시는 건지, 아니면 알면서도 모르는 척하시는 건지 갈피를 잡을 수가 없군요."

"그러니까 저는……."

"그 전에 이걸 한 번 보시겠습니까?"

천풍이 뭐라 말을 하려는데 그 말을 끊으며 염장이 품속에서 뭔가를 꺼내어 내밀었다.

"……?"

염장이 내민 것은 책이었다.

천풍이 어리둥절해하며 책과 염장을 번갈아 보았다.

"이게 무슨 책입니까?"

"무슨 책인지는 보시면 아실 겁니다."

책을 받아들고 보니 거기에는 천류검법(天流劍法)이란 네 글자가 적혀 있었다.

순간 천풍이 놀라 눈을 휘둥그레 떴다.

'이건……!'

천풍이 놀란 것은 단지 천류검법이 그가 익히 알고 있는 검법이라는 것 때문이 아니었다. 표지에 적힌 그 네 글자가 상당히 눈에 익은 글씨체였기 때문이다.

'설마…….'

천풍은 급히 책을 펼쳤다.

'설마' 라는 생각이 '어쩌면' 으로 바뀌었다.

책장을 넘기는 손이 빨라졌다.

책장이 한 장 한 장 넘어가고, 이윽고 마지막 장에 이르렀을 때 '어쩌면' 은 '역시' 로 바뀌었다.

"설마 이마저도 모른다고 하시지는 않겠지요?"

당연히 알고 있다.

천하제일검수(天下第一劍手).

책의 마지막 장에 적힌 여섯 글자…… 어찌 잊겠는가.

지난날 재미 삼아 적었던 무공서적들, 지금 천풍의 손에 들린 것은 분명 그것들 중 하나였다.

"이걸 어떻게 염 단주님께서……."

천풍이 물으려다가 그만두었다. 생각해 보니 이상히 여길 일이 아니다. 그가 만든 무공서들 또한 다른 무공서들과 마찬가지로 염장이 모두 매입해 갔었으니까.

"기억나십니까? 황산사에서 공자님을 뵈었던 그날 말입니다. 그때 공자님께서는 검을 수련하고 계셨습니다. 어째서인지 눈을 뗄 수가 없더군요. 황산사를 내려오고 나서도 그날 보았던 검이 머릿속에서 지워지지가 않았습니다. 덕분에 확실히 기억하고 있습니다. 그날 공자님께서 수련하시던 검은 분명 천류검법이었습니다. 그것도 지금 공자님께서 가지고 계시는 그 책 그대로의 천류검법 말입니다. 이런데도 천하사절을 모른다 하시겠습니까?"

너무 오래전 일이었다. 염장과는 달리 그렇게까지 자세하게는 생각이 나지 않았다.

그보다는 지난 일을 이야기하면서 왜 천하사절을 들먹이는지 그것이 의아했다.

"이 책과 천하사절이 무슨 관계라는 건지……."

천풍이 의아해하자 오히려 어이없다는 얼굴을 하는 염장이다.

"천하사절의 비급을 두고 천하사절과 무슨 관계가 있냐니요? 농이 너무 지나치신 것이 아닙니까?"

"예에? 이게 천하사절의 비급이라구요?"

도무지 영문을 모르겠다는 얼굴이다.

영문을 모르겠는 것은 오히려 염장이었다.

'거짓으로 저러는 것은 아닌 것 같은데…….'

허면 정말로 천하사절의 비급인 것을 몰랐다?

그렇다면 천무구룡들처럼 천풍 역시도 우연히 비급을 얻은 것뿐이라는 말인가?

염장은 고개를 저었다.

그럴 리가 없다. 천하사절의 비급이 모두 황산사에서 나왔는데 그것이 우연일 리가 없다. 천하사절과 황산사는 분명 깊은 관계가 있다. 황산사가 천하사절과 깊은 관계가 있다면 천풍 또한 다를 리가 없었다.

'아니면, 여태껏 자신의 스승이 천하사절인 것도 몰랐다는 건가?'

이 또한 장담할 수가 없다.

과연 천풍의 스승이 천하사절이긴 한 건지도 확신할 수가 없는 상황이 아닌가.

머릿속이 복잡했다.

혹시 자신이 지금껏 엄청난 착각을 하고 있었던 것은 아닌지, 두렵기까지 할 정도였다.

머릿속이 복잡하기로는 천풍도 못지않았다.

천하사절의 비급이라니?

글자 한 자, 종이 한 장, 실 한 올까지 전부 자신이 쓰고 자르고 꿰매어서 만든 것이었다. 그럴듯한 이름이 생각 안 나서 반쯤 장난삼아 낙관으로 써넣은 것이 '천하제일검

수' 여섯 글자였다.

한데, 어떻게 이 책이 천하사절의 비급이라는 말인가?

'이 책이 정말로 천하사절의 비급이라면, 아니, 검절의 비급이라면…… 그럼 내가 바로 그 검절이라는 거잖아?'

헛웃음이 절로 나올 정도로 참으로 황당하고 얼토당토않은 일이다. 그를 더욱 어이없게 하는 것은 불현듯 떠오른 기억 하나였다.

'중원 각지에서 삼류무공을 내세워 일류고수를 꺾는 자들이 속속 나타나기 시작했소. 그들은 각기 천하제일도객, 천하제일신창, 천하제일권사의 비급을 얻었다고 했고. 그래서 사람들은 그들을 통칭해 천하사절이라 부르게 된 것이오.'

언젠가 이청으로부터 들은 천하사절에 대한 설명이었다.

그때 왜 그것이 낯설지가 않았는지, 왠지 어디서 들은 적이 있는 것 같은 이름이었는지 이제야 알았다.

'천하제일도객' 이니 '천하제일신창' 이니 하는 이름들 모두가 '천하제일검수' 와 마찬가지로 그가 만든 책에 낙관으로 써넣었던 것들이었다.

'허면 천하사절의 비급이라는 것들은 설마…….'

생각이 거기에 이르자 소름마저 돋았다.

'에이…… 설마 아니겠지?'

어렸을 때 재미삼아 만든 그 유치한 책들이 천하사절의 비급일 리가 없지 않은가.

그럼 자신이 무림 최고의 신비인으로 명성이 자자한 천하사절이라는 것인데, 그건 더더구나 말이 안 되는 일이지 않은가.

하지만 그럴 리가 없다 부정을 하면서도 혹시나 하는 생각을 떨칠 수가 없었다. 그도 그럴 것이 지금까지의 정황들만 놓고 본다면 천하사절이 아니라고 무작정 부정할 수만도 없는 일인 것이다.

염장은 그렇다 치더라도 취옥선도 그를 천하사절의 전인이라 의심했었다.

도제 백무강은 아예 그를 천하사절 본인이라 했고 추도향도 또한 그렇게 말했다.

비록 깊고 오랜 인연은 아니지만 그가 만나 본 그들은 함부로 허튼 소리나 할 사람들이 아니었다. 게다가 무엇보다 확실한 증거가 지금 자신의 손에 들려 있었다.

그랬다.

부정을 하는 것이 오히려 억지가 되어 버릴 만큼, 이제야 알아차린 것이 바보스러울 만큼 모든 정황들이 그를 천하사절이라 말하고 있었다.

모든 정황들이 그를 천하사절이라고 말하고 있었지만 그래도 도무지 현실성이 없다.

'내가 지금 꿈이라도 꾸고 있는 건가?'

천풍은 그저 이 모든 것이 꿈만 같았다.

제2장

그러니까 제가 바로 천하사절이라는 말씀입니다

천극의 서

천풍은 그길로 곧장 자신의 처소에 돌아왔다. 혼자 차분히 생각을 정리하고 싶어서였다. 염장도 머리가 복잡하긴 마찬가지여서 구태여 그를 붙잡지 않았다.

하지만 혼자 차분히 생각을 정리하려 했던 계획은 뜻대로 되지 않았다. 허락 없이 천풍의 처소까지 따라 들어온 추도향 때문이었다.

"그래서 옥면신룡이에요? 아니면 천하사절이에요?"

천풍의 처소까지 따라 들어와서는 대뜸 그렇게 물어왔다.

사실 염장이 천풍을 옥면신룡이라 소개한 순간부터 그녀도 상당히 궁금했던 참이었다.

백무강으로부터 천하사절이라 들었을 때, 믿기지는 않았지만 백무강의 말이기에 애써 믿으려 했다.

천풍이 천하사절이 아니라고 했을 때, 그 말이 오히려 더 믿음이 갔지만 백무강의 말을 부정할 수 없어서 애써 믿지 않으려 했다.

그러한 모순된 마음의 저변에는 역시 이런 작자가 천하사절일 리 없다는 불신이 짙게 깔려 있었다.

그러던 중에 염장의 말을 들었다.

옥면신룡이라 했다.

천하사절의 유일한 계승자라고도 했다.

귀가 솔깃해질 수밖에 없었다.

천하사절이 아니라 천하사절의 제자라면, 백 번 양보해서 그럴 수도 있겠다 싶었다.

천하사절이 아니라 천하사절의 제자라면, 그 정도의 차이라면 백무강이 잠깐 착각을 했을 수도 있겠다 싶었다.

무엇보다 이렇게 젊은데다 어수룩하기까지 한 작자가 도문주 석조명을 마음으로부터 굴복시키고 도제 백무강의 20년 은거를 깨트리게 했다는 것은 너무나도 황당무계한 일이니까 말이다.

추도향은 천풍이 옥면신룡이라고 시인을 하면 시원하게 받아들일 생각이었다. 그리고 미련 없이 도문으로 돌아갈 작정까지 했다. 천하사절이 아니라면 굳이 이렇게 따라다닐 이유가 없었다.

하지만 안타깝게도 천풍은 그녀가 원하는 대답을 해주지 않았다.

"거기에 대해선 별로 드릴 말씀이 없습니다."

그녀의 질문을 그렇게 간단히 묵살해 버리고는 침상에 턱 걸터앉는다.

"그보다 지금은 제가 좀 피곤해서 그러는데 이만 나가주시지 않겠습니까?"

말투는 정중하지만 명백한 축객령이다. 게다가 귀찮은 기색이 물씬 묻어나는 말투였다.

당연히 기분이 좋을 리가 없다.

추도향이 눈썹을 꿈틀거리며 반문했다.

"이대로 나가라고요?"

"남녀가 유별한데 한 방에서 같이 잘 수는 없지 않습니까?"

"그전에 먼저 옥면신룡인지 천하사절인지 그것부터 확실히 밝히셔야 하는 것 아닌가요?"

"거기에 대해선 드릴 말씀이 없다니까요."

"그럼 저도 확실한 답변을 들을 때까지는 여기서 한 발짝도 움직이지 않겠어요."

"그러니까 남녀가 유별한데……."

천풍이 뭐라 따지기도 전에 털푸덕 엉덩이를 깔아 버린

다. 그러고는 해볼 테면 해보라는 눈빛을 던져온다.

참 기가 막힐 노릇이다.

뻔뻔하다고 해야 할지 무례하다고 해야 할지 모르겠다.

하긴 추도향의 그 막무가내인 행동과 대책 없는 쇠고집은 이미 충분할 정도로 경험해서 새삼스럽지도 않다. 하지만 새삼스럽지 않다고 해서 무신경해졌다는 것은 아니다.

가뜩이나 정신 산란해서 죽겠는데 추도향까지 옆에서 신경을 긁어대니 짜증은 짜증대로 치밀고 성질은 성질대로 났다.

짜증에 성질이 더해지니 만사가 귀찮다. 그 예쁜 얼굴조차 보기가 싫어진다.

천풍은 추도향을 무시하고 그대로 침상에 드러누웠다. 그리고는 획하니 몸을 돌려 버렸다.

"……."

"……."

"……."

상당히 불편한 정적이 이어졌다.

잠이라도 청해 볼까 했지만 그 불편한 정적에 숨이 막히는 듯해서 잠도 제대로 오지 않았다. 게다가 등 뒤에서 느껴지는 추도향의 시선이 너무도 생생했다. 어찌나 폭력적이고도 살벌한지 뒤통수가 따끔거리는 정도가 아니라 등허리가 다 서늘해질 지경이었다.

그러고 보니 이렇게 무시해서는 안 되는 사람이었다.

확인해 볼 것이 있다며 천풍에게 다짜고짜 칼부터 날려오던 여자였다. 사람 팔 하나를 아무렇지 않게 잘라 버리고는 오히려 아량을 베풀었다고 말하던 여자였다.

지금이라고 그러지 말란 법이 없었다.

생각이 거기에 미치자 이젠 뒷골마저 쭈뼛 선다.

더구나 천풍은 추도향과는 달리 그리 모질지가 못했다. 사람을 면전에 두고 등을 돌리고 있으려니 괜스레 마음도 불편하고 미안하기도 했다.

'어휴…… 내가 지금 뭐하고 있는 건지…….'

아녀자를 상대로 같이 고집을 부려본들 무슨 소용이냐 싶었다. 어차피 이대로는 미련을 떨어본들 오래 버틸 수 있을 것 같지도 않았다.

결국 그만두기로 했다.

"좋습니다. 좋아요. 저한테 궁금한 게 뭡니까? 제가 무슨 말을 해주면 제 방에서 나가주시겠습니까?"

침상에서 몸을 일으킨 천풍이 푸념하듯 체념조로 물었다.

"이미 말씀드렸을 텐데요? 옥면신룡인지 천하사절인지, 제가 듣고 싶은 것은 그것뿐이에요. 정말 염 단주님의 말씀대로 옥면신룡이 맞나요?"

천풍은 추도향의 눈에서 득의의 빛을 보았다.

'그러게 진즉 털어놓을 것이지 어디서 되도 않게 앙탈질

이야?' 라는 눈빛이었다.

울컥 화가 치밀었지만 그 또한 체념을 했다. 화를 낸다고 겁을 낼 상대도 아니거니와 티격태격하며 긴말 나누고 싶지도 않았다. 이왕지사 털어놓기로 한 거 듣고 싶어 하는 말만 해 주고 한시라도 빨리 이 방에서 자유를 얻고 싶다는 생각뿐이었다.

"분명히 말씀드리지만 저는 옥면신룡이 아닙니다."

그래서 솔직히 말했다.

솔직히 말했지만 추도향은 의심부터 하고 본다.

"정말인가요?"

"정말입니다."

"그 말을 어떻게 믿죠?"

"믿든 안 믿든 그거야 소저 마음이지만 제 말에는 추호의 거짓도 없습니다."

"그래도 믿기 힘드네요. 저는 틀림없이 옥면신룡일 거라 생각했는데……."

"그거야 그저 소저의 생각인 거구요. 애당초 염 단주님께서 잘못 알고 계셨던 겁니다. 천하사절에겐 옥면신룡이라는 제자 같은 건 애초부터 있지도 않았습니다."

"그걸 어떻게 그리 확신을 하시는 거죠?"

"그야 저는 제자 같은 건 둔 적이 없으니까요."

"……?"

"저더러 천하사절이라고 말씀하신 것은 소저셨잖습니까?"

"……?"

"도제 어르신은 허튼 소리를 하실 분이 아니라면서요?"

"……."

"그러니까 제가…… 제가 바로 그 천하사절이라는 말씀입니다."

"……!"

결국 말해 버렸다. 천하사절이라는 이름의 무게를 생각하면 이렇게 간단히 밝혀서는 안 되는 것이었는데도 솔직하게, 정말이지 성심성의껏 대답을 했다.

한데, 추도향의 얼굴은 전혀 고마워하는 기색이 아니었다.

"당신이 정말 천하사절이라구요?"

불신만 한 가득이다.

그것이 이렇게 쉽게 진실을 듣게 될 거라고는 생각지 못한 때문인지, 아니면 아직도 이런 작자가 천하사절일 리 없다는 선입견을 지우지 못하고 있는 때문인지는 모르겠지만, 어쨌거나 다시 살짝 기분이 나빠지려 했다.

천하사절이 아니라고 해도 믿지 않고 옥면신룡이 아니라고 해도 믿지 않더니, 이젠 천하사절이 맞다고 해도 믿지 않는다.

'그럼 도대체 나한테서 무슨 말이 듣고 싶었던 거야?'

도통 그 속을 모르겠다.

이쯤 되고 보니 별로 알고 싶지도 않다.

어쨌거나 자신은 해야 할 몫을 다했다.

"이젠 된 거죠? 달리 또 물을 게 있습니까? 더 물을 게 없으시다면 그만 나가주시면 감사하겠습니다만?"

이제는 추도향이 약속을 지킬 차례였다.

하지만 추도향은 전혀 나갈 기미를 보이지 않았다. 뭔가 혼자만의 생각에 골똘히 잠겨 있었다.

'애당초 말이 통하리라고 기대한 내가 잘못이지.'

이젠 정말이지 만사가 다 귀찮다.

추도향이 있든 없든 무슨 상관이랴 싶었다. 그냥 만사 다 잊고 잠이라도 한숨 자고 싶은 마음이 간절했다. 잠이라도 한숨 자고 나면 복잡한 머릿속이 조금은 개운해질 것 같았다.

천풍은 다시 베개에 머리를 눕혔다.

'아무리 천하에 무도한 여자라지만 이렇게까지 성실하게 대답해줬는데 설마 또 칼이야 뽑을라고?'

그것 하나만으로도 마음이 한결 놓였다.

* * *

천풍이 그렇게 짧은 동안의 자유를 위해 스스로 천하사

절임을 인정한 그 무렵, 한편에서는 그 사실을 전혀 알지 못하는 염장이 아직도 복잡한 머릿속을 정리하느라 머릿골을 싸매고 있었다.

"그러니까 형님 말씀은 그자가 천하사절과는 무관한 사이다, 이거요?"

"천하사절과 무관하다는 것이 아니라 어디까지나 그럴 가능성도 있다는 말이다."

"그럼 그거 큰일이 아니오?"

"큰일이니까 내가 지금 네놈과 이러고 있는 것 아니냐! 오죽했으면 내가 네놈한테 다 조언을 구하겠냔 말이다!"

지난날, 황산사에서 현야에게 된통 당한 이후로 조충의 의견 따위는 절대 듣지 않겠다고 맹세를 했고, 또 지금껏 그 맹세를 굳건히도 지켜왔지만 이번만큼은 도저히 혼자서는 감당이 되지 않았다. 그래서 지푸라기라도 잡는 심정으로 조충에게 의견을 물은 것인데, 아니나 다를까 도움이라고는 눈곱만큼도 안 된다.

"그러게 내가 사전에 잘 확인하라고 했잖소. 내가 그렇게 잘 확인하라고 했는데, 반박귀진이니 뭐니 하면서 혼자서 잔뜩 들떠서는 내 말을 무시한 게 누군데 그러쇼? 그래 놓고는 왜 이제 와서 나한테 역정을 내시는 거냔 말이오. 내가 뭐 동네북이요, 아니면 심심풀이 땅콩이요? 사람이 가만히 있으니까 가마니로 보이우? 내가 말을 안 해서 그렇지, 하려고만 하면 나도 할 말 많은 사람이다 이거요. 지난 번 검문의 넷째 공자 일만 해도 그렇잖소. 그때 내가 형님을 얼마나 말렸소? 가능성만 보고 투자하기에는 위험부담이 너무 크다고 그리도 말렸건만 형님 독단으로 일을 진행해서는 결국 돈도 날리고 아까운 목숨도 잃고 뭐 하나 잘된 일이 없지 않냔 말이오!"

도움이 되기는커녕 썩은 고기를 노리는 승냥이처럼 이때다 싶어 그동안 쌓인 불만을 터트려댄다.

"일이 한창 잘 진행될 때는 나보다 더 설레발을 쳐놓고는 왜 이제 와서 딴 소리야! 더구나 지금이 그딴 소리나 지껄이고 있을 때냐? 대책을 세워야 할 거 아냐, 대책을!"

"허참! 만날 천날 바보니 멍충이니 무시는 있는 대로 다 해놓고 꼭 이럴 때만 날 찾지."

"아, 됐다. 됐어! 하기야 네놈 머리에서 무슨 좋은 생각이 나오겠어. 네놈한테 눈곱만큼이라도 기대를 한 내가 미친놈이지."

머릿속 복잡한 생각을 조금이라도 덜어 보자고 조충을 불렀더니 오히려 머릿골만 더 지끈거린다.

하지만 정작 염장의 머리를 아프게 한 것은 그 다음의 일이었다.

"단주님. 장치성 대협께서 뵙기를 청하십니다."

“제가 이렇듯 염 단주님을 뵙고자 한 것은 염 단주님이 말씀하신 일에 대한 우리의 뜻을 전하기 위해서입니다.”

추혼검 장치성이 염장을 똑바로 마주 보며 그렇게 말했다.

아무래도 새 문파를 세우겠다 한 일을 말하는 것 같았다.

계획대로라면 천풍이 천무구룡의 마음을 얻은 다음에 진행되어야 할 이야기지만 그게 틀어졌으니 우선은 천무구룡의 뜻을 확인해 두는 것도 나쁘지는 않을 듯싶었다. 다만 이렇게 빨리 결정을 내릴 거라고는 예상치 못했던 터라 그것이 조금 의외였다.

“그래. 어떻게들 하시기로 하셨습니까?”

“우리는 염 단주님의 계획에 동참하기로 뜻을 모았습니다.”

그나마 다행스러운 일이었다. 답답했던 가슴이 조금은 풀리는 것 같았다.

그렇다고 그리 놀랄 만한 소식은 아니었다. 충분히 예상했던 대답이었다. 그도 그럴 것이, 그들이 비록 일류를 이기는 삼류로 큰 주목을 받고 있기는 하지만 무림의 큰 테두리 안에서 보자면 가지지 못한 자들의 대표일 뿐 어디까지나 비주류였기 때문이다.

무림사세로 대표되는 주류들의 눈에는 천무구룡은 그저 곡예단의 광대 그 이상도 그 이하도 아니었던 것이다.

단지 지닌 능력이 부족해서가 아니었다.

그들에겐 가진 것이 없기 때문이었다.

출신도, 배경도, 기반도, 세력도……. 주류들이 가진 것을 단 하나도 가지지 못했기 때문이었다. 그래서 무시를 당했고 그래서 멸시도 받았다.

울분이 쌓인 것은 당연했다. 그렇게 갈데없는 울분을 부둥켜안고만 있던 그들에게 무림사세와 어깨를 나란히 할 수 있는 문파를 만들겠다고 했으니 마음이 혹하지 않을 리가 없는 것이다.

한데, 뜻밖에도 장치성의 말은 그것으로 끝이 아니었다.

"허나……."

그렇게 토를 달았다.

"그 전에 한 가지 분명히 할 것이 있습니다."

심상치 않은 분위기였다.

"무엇입니까? 분명히 할 것이란 것이?"

"개파선언은 옥면신룡을 제외한 우리들 아홉 명만으로 하겠다는 것입니다."

"옥면신룡을 제외한…… 이라니요?"

"말 그대로입니다. 이미 말씀드렸다시피 우리는 옥면신룡을 인정치 않습니다. 그러니 그자와는 당연히 뜻을 같이 할 수도 없습니다. 무엇보다 그자 스스로 천하사절과는 무관하다 하지 않았습니까?"

말투는 단호했고 눈빛은 결연했다. 양보도 협상도 없다

는 태도였다.

입맛이 씁쓸했다.

그들의 말인즉슨, '제대로 된 힘을 갖고는 싶지만 옥면신룡에게 머리를 숙이기는 싫다. 그러니 우리는 힘만 취하겠다.' 이 뜻이었다.

얌체도 이런 얌체가 없다.

결국 아무런 대가도 치르지 않고 염장의 돈만 탐하겠다는 것이다. 적어도 염장의 입장에선 그렇게밖에 보이지 않았다.

'그래도 제법 그릇들이 크다고 생각했건만…….'

어쩌면 지금은 단지 탐욕에 눈이 어두워진 것뿐일지도 몰랐다.

분명 자신이 내놓은 제안은 그만큼 매력적인 것이었다. 천무구룡이 아니라 천하의 대인배라 할지라도 쉽사리 뿌리치지 못할 유혹이었다. 더구나 장치성의 말마따나 천풍 스스로 천하사절과 무관하다 했으니 천하사절에 대한 은혜와 의를 저버리는 것 또한 아니다. 그들로서는 충분한 명분을 가지고 하는 행동이었다.

그래서 이해는 했다. 하지만 이해보다 먼저인 것은 불쾌감이었다.

명분이야 충분할지 모르지만 자신이 평생 일구어 온 재산을 탐하기에는 가소로울 만큼 주제넘었다.

그래서 한 마디 했다.

"아무래도 제 뜻이 제대로 전해지지 않은 모양이군요."

"……?"

"저는 분명히 무림사세와 어깨를 견줄 수 있는 문파라고 했을 텐데요?"

장치성이 사납게 눈을 부릅떴다.

"우리들만으로는 부족하다는 겁니까?"

역시 탐욕에 눈이 멀어 주제를 모르고 있다.

"그럼 비급의 주인들만으로 그것이 가능하리라 생각하십니까? 물론 천하사절의 이름을 빌린다면, 거기에 염가상단의 재력이 더해진다면 어디에 가도 무시는 당하지 않을 것입니다. 허나 그뿐입니다. 무림사세에는 발끝에도 미칠 수 없습니다. 구대문파나 오대세가처럼 전통과 역사가 깊지 않은 다음에야 결국 무림에서 문파의 힘을 가름하는 것은 그 문파의 수장입니다. 문파의 수장이 가진 힘, 그 실력이 결국은 그 문파의 힘인 것입니다. 대표적인 예가 바로 마황성이고 검문이고 도문입니다. 단언하건대 천무구룡은 절대로 그에 미칠 수가 없습니다. 만일 정말로 천무구룡만으로 무림사세와 어깨를 나란히 할 수 있다고 생각을 한다면 그건 그야말로 병증에 가까운 지독한 오만입니다."

염장의 말은 거침이 없었다. 촌철살인이라 해도 과언이 아닐 정도였다.

아니나 다를까, 장치성의 얼굴이 분노로 일그러졌다. 당장 검이라도 뽑아들 태세였다. 하지만 그러지 않았다. 아니, 한 마디 반박조차 하지 못했다. 염장의 말은 하나도 틀린 것이 없었기 때문이다.

"다시 한 번 분명히 말씀드리지만 저는 어중간한 군소방파 따위나 만들자고 제가 피땀 흘려 모은 돈을 낭비할 생각이 전혀 없습니다. 최고의 문파가 될 가능성이 없다면 단 한 푼의 돈도 제 주머니에서 나오는 일은 없을 것입니다. 허나, 그 가능성이 조금이라도 보인다면 저는 제가 가진 모든 재물을 아끼지 않고 다 쏟아부을 것입니다. 염가상단의 기둥뿌리마저도 주저 없이 뽑아다 바칠 각오가 되어 있습니다. 그리고 제가 생각하는 가능성은 천무구룡이 아니라 바로 그분, 옥면신룡 소천풍 대협입니다!"

* * *

"괜찮겠수?"

장치성이 물러가자 조충이 기다렸다는 듯이 그렇게 물었다.

"뭐가?"

"그게 그렇잖소. 소 공자가 옥면신룡이 맞는지도 확실치 않은 상황에서 너무 외골수적으로 나갈 필요는 없지 않나이 말이요. 만에 하나 정말로 천하사절과는 전혀 무관한 사이라면, 저들만으로라도 문파는 세워야 할 거 아니요? 사실 이번 무림대회를 준비하느라 들어간 돈이 족히 기천 금은 되는데, 개파조차 하지 못한다면 그야말로 그 많은 돈을 아무 의미 없이 허공에다 날려 버린 꼴밖에는 되지 않잖소."

조충 딴에는 걱정이 돼서 하는 말이었다. 하지만 안타깝게도, 아니, 언제나 그렇듯 그의 걱정은 염장의 짜증만 불렀다.

"도대체 그동안 내 말을 어디로 들은 거야? 귓구멍으로 들은 거야, 콧구멍으로 들은 거야? 내가 말했지? 내가 만들려는 문파는 우리 상단과 같이 커 나갈 수 있는 문파여야 한다고. 그러하기에 최고가 아니면 안 되는 거라고. 한데, 고작 저들만으로 문파를 만들라는 거냐? 그래서 어쩌려고? 상단에 도움은커녕 애물단지만 될 것이 뻔한데 당장의 손해가 아깝다고 그 큰 짐을 짊어지라는 거냐? 게다가 한 산에 호랑이가 둘일 수 없고 한 나라에 왕이 둘일 수 없는데, 무려 머리가 아홉이나 되는 문파가 제대로 돌아가기나 할 것 같으냐? 그것도 하나같이 제 잘난 맛에 사는 작자들인데?"

물과 기름처럼 섞이지 못하는 자들이다. 그런 자들이 문파의 수장을 자처하고 있는데 그 문파가 오래 지속될 리가 없다.

"십 년? 아니, 오 년이라도 버티면 다행이지. 고작 오 년도 버티지 못하고 자멸할 것이 뻔한데 거기에다가 내 피 같은 돈을 퍼다 부으라고? 흥! 어림 반 푼어치도 없는 소리지. 그래서 옥면신룡이 필요하다는 거다. 이유야 어쨌든 물과 기름처럼 섞이지 못하는 그들을 이처럼 뭉치게 만든 것이 바로 옥면신룡이니까 말이야."

"하지만 이래서야 어디 제대로 일이 진행이나 되겠소? 옥면신룡은 옥면신룡대로 말썽이고 천무구룡은 천무구룡대로 또 저러고들 있으니……."

"무림대회가 당장 끝나는 것도 아니고, 앞으로 열흘도 넘게 남아 있으니 그때까지는 어떻게든 방법을 찾아봐야지. 너는 무림대회나 차질이 없도록 좀 더 신경을 써. 비무대회에 오대세가의 자제들마저도 참가 신청을 했다면서?"

"오대세가뿐만 아니라 참가 신청을 낸 자들 중에는 구대문파의 제자들도 있소. 조금 전에도 화산파의 장문제자가 참가의 뜻을 밝혔고."

"화산파의 장문제자가?"

"예. 뒤따라서 형산의 장문제자도 같이 참가 신청을 했다더이다. 그 둘이 앙숙지간인 거야 뭐 세상이 다 아는 사실이니. 어쨌거나 비무대회가 예상보다 훨씬 더 재밌어지긴 할 것 같소만……."

"그렇군. 그렇다면 더더욱 준비에 한 치의 소홀함도 없이 해야지. 누차 말하지만 작은 구멍 하나가 큰 둑을 무너뜨리는 법이다. 천무구룡이 비무대회에 참가하는 것은 절대로 안 돼. 비무대회뿐만 아니라 단순한 시비도 싸움도 사전에 철저히 차단을 해야 돼. 자칫 무림사세의 제자들과 사소한 충돌이라도 생긴다면, 그리해 천무구룡이 패하기라도 한다면, 그분이 천하사절의 전인이 맞다고 해도 모든 계획은 그 순간 물거품이 되어 버릴 수가 있으니까. 그러자면 이곳에 몰려든 사람들을 단 하나도 허술히 넘기지 말고 빠짐없이 네 손바닥 안에 꿰고 있어야 한다는 말이다."

"그런 걱정일랑은 꽉 붙들어 매쇼. 어떠한 상황에서도 원활히 대처할 수 있도록 이미 만반의 준비를 마쳤으니까."

생긴 것답지 않게 일 처리 하나만큼은 확실한 조충이다. 부단주 직에 오를 수 있었던 것도 단순히 염장의 의동생이기 때문이 아니라 그만한 실력을 갖추었기 때문이었다.

염장은 고개를 끄덕였다.

그리고 마침내 무림대회의 날이 밝았다.

제 3 장

대활약, 청무도장!

천귀의 서

하루가 지나고 다시 하루가 또 지나자 천풍의 머릿속 혼란도 어느 정도 진정이 되었다.

복잡한 머릿속이 진정이 되고 보니 생각보다는 기분이 썩 나쁘지 않았다. 아니, 꽤나 유쾌한 기분이었다.

그도 그럴 것이 어릴 적 재미삼아 만든 책에 사람들이 열광하고 있다는 것, 그리해 자신을 천하사절이라 부르며 칭송한다는 것…… 기분 나쁠 이유가 없는 것이다.

오히려 마음이 들뜨기도 하고 설레기도 했다. 또 재밌기도 했다.

다만 자신이 천하사절이란 걸 알게 되면 천무구룡들의

적의가 어떻게 변할지 조금 걱정은 되었다. 옥면신룡이라 했을 때도 인정치 않겠다며 그렇게나 열을 올렸는데 천하사절이라 하면 오죽할까 싶었다.

'아예 사기꾼 취급이나 안 하면 다행이겠지.'

염장은 또 어떻게 나올지 그것도 신경이 쓰였다.

새 문파를 세운다는 말…… 남의 일이라고 생각했을 때는 기대도 되고 같이 흥분도 했지만 막상 자신의 일이 된다고 생각하니 눈앞이 아득해질 정도로 부담스러웠다. 지금껏 현야와 둘이서 한적한 삶을 살아온 천풍에겐 문파를 세우고 그 문파를 이끈다는 것 자체가 너무도 먼 세계의 일이었던 것이다.

그래서 자연스레 밝혀지기 전까지는 그냥 묻어두기로 했다. 억지로 천하사절인 것을 부정할 필요는 없겠지만 굳이 천하사절인 것을 내세울 필요도 없었다.

'그나저나 지금쯤이면 무림대회가 한창이겠군.'

천무구룡을 만나는 것도 껄끄럽고 염장을 보는 것도 불편해서 줄곧 방 안에만 틀어박혀 있었지만 그래도 무림대회는 신경이 쓰였다. 말로만 들었지 한번도 본 적이 없어 호기심도 동했다. 이미 왁자지껄한 소리가 문 밖 저 멀리에서부터 들려오고 있었다.

'어차피 무림대회 때문에 여기까지 왔는데 그래도 한번은 구경을 해야겠지?'

그리 마음을 먹고 모처럼 방을 나섰다.

들뜬 걸음으로 문을 나서던 천풍은 몇 발짝 떼지도 않아 걸음을 멈춰야 했다. 마침 그의 처소로 추도향이 들어오고 있었기 때문이었다.

"왜 개회식에 참석하지 않으셨죠?"

추도향이 대뜸 그렇게 물어왔다.

"개회식이요?"

무림대회를 한번도 경험해 본 적이 없는 천풍은 그런 것도 하나 싶었다.

"그럼 개회식에 부름도 받지 못했다는 말씀이세요?"

"저는 아무런 연락도 받지 못했습니다. 개회식이란 거…… 꼭 참석을 해야 하는 겁니까?"

"금첩을 받은 모든 분들이 개회식에 참석했었어요. 금첩을 받으신 것 아닌가요?"

"받긴 받았습니다만……."

"금첩을 받았다는 것은 곧 무림대회의 참관인으로서 초청을 받았다는 뜻이에요. 당연히 개회식 정도는 얼굴을 비춰야 하는 것이 의무이자 관례죠."

"음……."

"혹시, 염 단주님께 아직 말씀드리지 않은 건가요?"

"뭘 말입니까?"

"당신이 천하사절이라는 것 말이에요."

"말씀드리지 않았습니다."

"어쩐지…… 그래서 개회식에 부르지 않은 거로군요. 아직 정체가 불분명한 상황에서 개회식에 불러본들 사람들에게 마땅히 소개할 이름이 없으니……."

그제야 이해가 간다는 듯 두어 차례 고개를 끄덕인 추도향이 불쑥 물었다.

"그래, 언제 밝히실 거죠?"

"아직 모르겠습니다. 아니, 그것을 염 단주님께 말씀을 드릴지도 아직 정하지 못했습니다. 반드시 밝혀야 할 의무 같은 건 없으니까요."

아직은 자신이 천하사절이라는 사실이 얼떨떨하기도 하거니와 염장의 호의가 순수하지 않다는 것을 알아 버렸기에 조심스러운 것이다.

"그러니까 삼 푼은 감추어 두시겠다?"

"그렇다기보다는…… 이제는 염 단주님이 믿을 만한 사람인지도 잘 모르겠고 괜한 일에 휩쓸리는 것도 내키지가 않고……."

"의심도 하고 경계도 하고…… 이젠 제법 무림인다워지는군요."

추도향의 말에 흠칫하는 천풍이다.

'무림인다워진다라…….'

왠지 그 말이 묘하게 마음을 울려 기분을 씁쓸하게 했다.

그러고 보면 산사에 있을 때는 이렇듯 감추고 의심하고 경계하는 마음을 가져 본 적이 없었다.

"하긴, 당신이 천하사절인 것을 알리든 알리지 않든 제가 상관할 바는 아니죠. 저는 그저 당신이 자루뿐인 검에 날을 채우기를 기다려 당신과 일합의 승부를 겨루면 그뿐이니까. 그게 애초에 당신을 따라온 목적이기도 하고."

천풍이 지난 이틀 동안 복잡한 머릿속을 정리했던 것처럼 그녀도 그렇게 생각을 정리한 모양이었다.

천풍이 문득 생각난 것이 있어 물었다.

"혹시 개회식에서 말입니다. 염 단주님께서 개파에 대해 말씀을 하셨습니까?"

"주인공이 빠졌는데 그럴 리가 있나요? 게다가 무림대회는 이제 시작이에요. 그런 중차대한 일을 벌써 터트릴 리가 없죠. 모르긴 몰라도 비무대회의 우승자가 가려지는 열흘 후를 전후로 해서 기회를 만들 거예요."

당장은 귀찮은 일에 휘말리지 않아도 된다니 한결 안심이었다.

"그건 그렇고, 어딜 가시는 길이었죠?"

"그냥…… 무림대회란 것이 어떤 건지 구경이나 해볼 생각이었습니다."

"오늘은 첫날이라 별로 구경할 것이 없을 거예요. 비무대회도 내일부터 시작되니까. 지금 볼 수 있는 건 고작 아이들 재롱뿐이에요."

"아이들 재롱이요?"

"비무대회이긴 한데 일종의 소년부죠. 정식 비무대회 전에 단순히 유흥거리 삼아 치러지는 거라 굳이 시간을 내서 찾아볼 만한 구경거리는 아니에요."

추도향은 별거 아니라는 듯 말했지만 천풍에겐 전혀 그렇지가 않았다. 오히려 상당한 흥미를 보이며 눈을 반짝였다.

'그럼 분명 상무랑 사우 녀석도 참가를 했을 텐데…….'

그들이 그에게 검을 가르쳐 달라 했던 것도, 그 때문에 몇 날 며칠을 잠 한숨 못 자며 시달려야 했던 것도 바로 이것 때문이었다.

진사우는 반드시 좋은 성적을 거두어서 청무도장의 이름을 빛내겠다고 했고 상무는 좋은 성적을 거두어서 자신의 이름을 천하 만방에 알리겠다고 했다. 그 같은 각오로 밤낮없이 검술 수련에 매진한 그 아이들이 이번 대회를 놓쳤을 리 없다. 어쩌면 벌써 시작되었는지도 몰랐다.

천풍이 조급한 기색을 보이자 추도향이 의아히 물었다.

"왜 그러시죠?"

"아무래도 제가 가르친 아이들도 있을 듯해서요."

"가르친 아이들이라니…… 벌써 제자라도 두셨다는 말씀이세요?"

"아니, 제자까지는 아니고요. 그냥 조금…… 어쨌든 그러니 저는 이만 먼저 실례를 하겠습니다."

천풍은 그렇게 인사를 하는 둥 마는 둥 하고는 급히 걸음을 옮겼다. 한데, 그런 천풍의 뒤를 졸래졸래 쫓아오는 추도향이다.

천풍이 주춤 멈춰 서서 물었다.

"소저께서는 왜……?"

"생각해 보니까 아이들 재롱도 나름 재미가 있을 것 같아서요. 어차피 달리 할 일도 없고."

그건 핑계고 천풍과 관계된 아이들이 있다 하니 그저 그것이 궁금한 것뿐이다.

이젠 당연하다면 당연한 것이 되어 버려서 으레 그러려니 하게 된다.

"그럼 모자라도 쓰시죠? 또다시 눈앞에서 사람 팔이 잘려 나가는 꼴은 보고 싶지 않으니까."

"그러죠 뭐."

그러고는 뒤춤에서 여인관을 꺼내어 든다.

'제법 부피가 큰 물건인데 저 여리여리한 몸 어디에 숨겨 두었던 거지?'

문득 궁금해지는 천풍이다.

어쨌거나 그렇게 해서 천풍은 추도향을 대동하고 비무대회장으로 향했다.

천풍이 비무대회장에 도착했을 무렵에는 이미 대회가 시작되어 여덟 개의 비무대 위에서 한창 열띤 대결이 펼쳐지고 있었다.

대회장이 참 크긴 컸다.

여덟 개나 되는 비무대가 설치된 것만 해도 어마어마할 지경인데 구경꾼들이 차지하는 공간은 그보다 더 넓으니 이건 그야말로 대광장이라 할 만했다.

이만한 공간을 만들기 위해서 적어도 전각 몇 채는 허물지 않았나 싶었다.

별 구경거리가 못 된다 했던 추도향의 말과는 달리 대회장의 분위기는 벌써부터 상당히 달아올라 있었다.

천풍은 먼저 임설아와 아이들부터 찾았다. 하지만 워낙에 북새통을 이루고 있어 쉽지가 않았다. 그렇게 대회장을 두리번거리는데,

"와아!"

대회장 안이 갑작스럽게 소란스러워졌다.

"저 녀석, 설마 이번에도 이기는 건 아니겠지?"

"에이, 설마……. 한두 번이야 요행수가 통했다고 하더라도 세 번 네 번 연속은 무리지. 게다가 상대를 보라고. 섬서육호(陝西六虎)의 하나인 대호문(大虎門)의 제자라고. 일개 무도관의 꼬맹이가 이길 수 있는 상대가 아냐."

천풍은 주위에서 들려온 그러한 말들을 들으며 모두의

관심이 집중되어 있는 비무대를 바라보았다.

여덟 개의 비무대 중 한 곳, 방금 막 하나의 비무가 끝나고 두 명의 새로운 아이들이 비무대 위를 오르고 있었다.

순간, 천풍의 눈에 반가운 빛이 스쳤다.

비무대를 오르고 있는 두 아이 중 하나가 진사우였기 때문이었다.

비무대 바로 밑에서 진사우를 향해 응원의 목소리를 높이고 있는 상아의 모습도 보였다. 그 옆에는 상무와 임설아도 있었다.

그야말로 사막에서 바늘 찾는 심정이었던 차에 의외로 간단히 그들을 찾게 되었으니 반갑고 기쁜 거야 당연했다.

천풍은 곧장 사람들을 헤치며 그들에게로 다가갔다.

문득, 몸에 안 맞는 옷이라느니 오히려 폐만 끼치게 된다느니 하던 말이 머리를 스쳤지만 반가운 얼굴들을 보니 그런 것이 다 무슨 대수일까 싶었다.

"천풍 아저씨!"

"천풍 사형!"

천풍이 그들에게 이르기도 전에 그를 먼저 발견한 상무와 상아가 폴짝폴짝 뛰며 손을 마구 흔들어댔다.

그제야 천풍을 본 임설아도 크게 내색은 않았지만 적잖이 반가워하는 기색이었다.

괜스레 코끝이 찡했다. 그들과 헤어지고 나서 줄곧 복잡하고 머리 아픈 일들만 겪어서 그런지 유난히 더 마음이 훈훈했다.

"근데 저 언니는 누구예요? 그리고 얼굴은 또 왜 가리고 있는 거예요?"

상아가 천풍의 뒤를 따라온 추도향을 보며 의아히 물었다.

상아뿐만 아니라 임설아와 상무도 호기심 어린 눈으로 추도향을 보고 있었다.

천풍은 잠시 곤란한 표정을 지었다.

어제까지만 해도 미처 몰랐던 거지만, 이제는 추도향의 무림에서의 위치가 어느 정도인지 대강이나마 알고 있었다.

어제였다. 의창목가의 가주라는 사람이 추도향을 찾아왔었다.

의창목가라 하면 전날 추도향에게 팔이 잘린 그 불쌍한 사내의 가문이었다. 아니나 다를까, 의창목가의 가주는 그 불쌍한 사내도 대동하고 왔다.

처음에는 추도향의 잔혹한 행사에 보복이라도 하러 온 줄 알았다.

걱정되는 마음에 부리나케 추도향에게로 달려갔었다. 한데, 정작 그들이 추도향을 찾아온 목적은 보복 같은 것이 아니었다. 보복은커녕 족히 환갑은 넘었을 법한 노인이 새파랗게 젊은 처자에게, 그것도 자식의 팔을 잘라 버린 원수나 다름없는 추도향에게 넙죽 머리를 조아리는 것이었다.

"제가 불민하여 자식을 제대로 키우지 못했소이다. 자식놈이 무례했다면 이 늙은이의 얼굴을 봐서라도 부디 너그러이 용서해주시구려."

그 후에 안 사실이지만 의창목가는 호북칠패의 하나였다. 그리고 호북칠패라 하면 적어도 호북 땅에서는 패자로 통하는 최고의 명문무가였다.

한 성의 패자나 다름없는 자가 추도향에게 머리를 조아린 것이다. 그것도 당장에 목을 쳐도 시원찮을 자식의 원수에게.

그제야 무림사세라는 것이, 도문이라는 것이 무림에서 얼마나 크고 무서운 존재인지 실감했다. 도문의 소문주라는 사람이 어떤 세상에서 살고 있는지도 그제야 조금 알 것 같았다.

이 자리에서 추도향의 신분을 말하면 청무도장 사람들이야 그렇다 치더라도 그 순간 주위에서 큰 소란이 일 것은 자명한 일이었다. 그것을 과연 추도향이 내켜 할지도 모르겠고 또한 괜한 소란은 그부터가 싫었다.

슬쩍 추도향의 반응을 살피니 역시나, 친절히 자신을 소개할 생각은 전혀 없어 보였다.

소개는커녕 청무도장 같은 어중이떠중이들과는 말도 섞지 않겠다는 듯 시큰둥하게 고개를 돌려 외면하고 있었다.

원래 성격이 살가운 성격이 아니란 것은 알고 있었다.

그래도 자신이 한 가족처럼 생각하는 청무도장이다. 그들을 무시하는 태도가 좋게 보일 리 없었다. 도문의 소문주란 것이 잘났으면 얼마나 잘났나 싶기도 했다.

때문에 소개의 말이 곱게 나오지 않았다.

"이분은 신경 쓰지 않아도 돼. 그냥 내 뒤만 졸졸 따라다니는 그림자나 진배없으니까. 그림자라서 얼굴도 가리고 있는 거고. 그림자가 얼굴을 훤히 드러내고 다니는 건 아무래도……."

천풍은 채 말을 다 끝내지 못했다. 머리털을 곤두서게 하는 살기가 순간 엄습해 왔기 때문이다.

두말할 것도 없이 추도향이다. 면사 때문에 보이진 않았지만 그 너머로 어떤 눈빛을 하고 있을지는 돋아나는 소름만으로도 충분히 짐작할 만했다.

한데, 상아가 그러한 살벌한 분위기도 모르고 추도향에게 선뜻 말을 건다.

"그림자 언니, 근데 그 모자 특이해요. 특이하지만 예뻐요. 그거 어디서 파는 거예요?"

참으로 순진무구한 질문이다.

혹시라도 저 천진난만하고 어린 상아에게 추도향이 화라도 내지 않을까 조마조마한 천풍이었다. 추도향의 고개가 상아를 향했을 때에는 등허리에서 식은땀이 다 날 지경이었다.

한데, 그런 천풍의 걱정은 완전한 기우였다.

방금 전까지만 해도 머리털을 곤두서게 했던 살벌한 기운이 그들 사이에 상아가 끼어든 순간 눈 녹듯이 말끔히 사라져 버렸다. 게다가,

"이거? 이건 여인관이라는 건데, 저 멀리 장백산 아래에 있는 어느 작은 나라의 것이야."

목소리도 전에 없이 부드러워서 어리둥절할 지경이다.

그러고도 여인관에 대한 이야기는 더 이어졌다.

면사로 가려져 있어 밖에서는 자신의 얼굴이 보이지 않지만 안에서는 밖이 훤히 잘 보인다는 둥, 통풍이 잘 돼서 땀이 차지 않는다는 둥, 어떤 염색약을 썼는지는 모르지만 물에 닿아도 번지지 않는다는 둥……. 언제 그렇게 도도하게 굴었었냐는 듯 정겹기가 마치 친자매를 대하는 것 같다.

살벌한 성격과는 달리 유난히 아이를 좋아하기라도 하는 것일까? 아니면 단순히 모자가 예쁘다는 칭찬에 마음이 흥겨워진 때문일까?

그간의 행태로 보면 후자가 맞을 듯했지만 어쨌거나 분위기가 화기애애한 것이 큰 사단은 나지 않을 듯하여 안심이 되었다.

그때, 대회장이 다시 뜨거워졌다.

"시작하려나 봐요."

상아가 비무대 위를 보며 들뜬 목소리로 말했다.

비무대 위에는 진사우가 그 또래의 소년과 비무대 중앙에 마주해 있었다.

"벌써 두 번이나 이겼어요. 이번에 이기면, 그러면 앞으로 네 번만 더 이기면 사우 오빠가 우승이에요!"

"흥! 무슨 소리를 하는 거야? 우승은 내꺼야. 저 녀석한테는 절대로 안 질 거라고!"

상무가 자신의 가슴을 탕탕 치며 호기롭게 말했다.

하지만 주위의 반응은 그와는 전혀 달랐다.

"하필이면 섬서 대호문의 제자와 벌써부터 붙을 게 뭐람. 저 아이도 운이 다한 거지."

"그러게나 말일세. 무림사세와 오대세가가 출전하지 않은 상황에서, 아무리 창천검가(蒼天劍家)와 능씨세가(陵氏世家)가 건재하다지만 섬서 대호문도 엄연히 우승 후보 중 하나인데 말이야. 하필이면 그런 곳과 만났으니 재수가 없어도 우라질라게 없는 거지."

"그래도 일개 무도관 출신으로 두 번이나 이기고 여기까지 올라왔으니 그것만으로도 대단한 거긴 하잖아. 물론 그것도 결국 여기까지인 거지만."

그렇게 진사우의 패배를 기정사실인 것처럼 말하고 있었다.

"흥! 흥! 그래도 우리 사우 오빠가 이길 거다 뭐. 아까도 다들 질 거라 했지만 이겼잖아. 그러니까 이번에도 사우 오빠가 또 이길 거야."

상아가 분한 듯 볼을 뿌루퉁이 하고 그렇게 말했지만 그 말을 귀담아듣는 사람은 아무도 없었다. 심지어 임설아마저도 별 기대 않는 눈으로 비무대를 보고 있었다.

그도 그럴 것이 진사우와 마주해 있는 소년은 천풍이 보기에도 상당히 단련이 잘 되어 있었다. 수많은 사람들이 지켜보는 가운데서도 자세는 한 점 흐트러짐이 없고, 흔들림 없이 진사우를 노려보는 눈빛에선 나이답지 않은 차분함도 보였다.

확실히 여간내기가 아니었다.

우승 후보라는 말도 결코 과언이 아닐 듯했다. 그러나 천풍의 생각은 주위의 반응과는 조금 달랐다.

'그래도 사우라면 충분히…….'

'어쩌면' 이 아니라 확신이었다.

그렇게 확신을 하는 이유는 대호문의 제자라는 아이가 아무리 명문무가의 제자로서 손색이 없다고 해도 어린 날의 도진과는 비할 바가 되지 못했기 때문이다.

모든 면에서 도진에 미치지 못했다. 반대로 진사우는 어린 날의 천풍에 비해 나은 점이 많았다. 비록 보잘것없다고는 해도 나름의 내공도 있었고 십방청무검법 하나에만 매달려서 검법에 대한 이해도도 높았다. 그러다 보니 천풍에게 검을 배운 시간이 짧았음에도 불구하고 천풍이 가르치고자 했던 것을 이미 완벽하게 흡수를 한 상태였다.

더구나 자신이 천하사절이 맞다면 그가 가르쳐 준 십방청무검법 또한 천하사절의 무공이다. 천무구룡들이 일류를 이겨서 명성을 얻은 것처럼 진사우라고 대호문의 제자를 꺾지 못할 이유가 없었다.

물론 그러한 확신에는 다분히 사적인 감정도 포함되어 있었다.

지금 천풍의 마음은, 그리고 진사우를 보는 시선은 제자의 선전을 바라는 스승의 그것과 조금도 다르지 않았다.

따뜻하고 자애롭고, 그리고 대견한…… 그런 천풍의 마음이 전해진 것일까? 마침 진사우도 천풍을 보고 있었다.

지금 대회장 안에서 가장 긴장해 있는 것은 다름 아닌 진사우였다.

상대가 섬서 대호문의 제자인 것을 알게 되었을 때, 그 역시 구경꾼들처럼 재수가 없다 생각은 했지만 그래도 용기를 잃지는 않았다.

'그래 봐야 어차피 다 똑같은 사람인데 뭐.'

명문무가의 출신이라 좋은 환경에서 무공을 배웠을 테고 또 높은 수준의 무공을 익혔을 테지만 사우에게도 내세울 것은 있었다. 지난 수년 동안 흘린 땀과 노력이라면 절대로 뒤지지 않을 자신이 바로 그것이었다.

하지만 막상 비무대에 올라 상대를 마주하고 보니 그 같은 자신감이 얼마나 가소로운 것이었는지 시리도록 아프게 인정해야 했다.

이름은 사도기(査倒起)라 했다.

나이는 그와 동갑이거나 한두 살 어려 보였다.

키도 그보다 한 치 정도는 작다.

한데도 커 보인다. 그저 가만히 서 있을 뿐인데도 절로 마음이 위축되고, 그저 무심한 눈길인데도 가슴에 서늘한 찬바람이 분다.

명문무가라는 것이, 그 출신이라는 것이 그저 이름뿐인 허울이 아님을 그 순간 절실히 깨달았다.

이어진 것은 어찌할 수 없는 좌절과 체념이었다.

냉정히 생각해 보면 앞서 두 번의 승리도 그저 운이 좋았을 뿐이다.

그야말로 얼떨결이었다.

비무가 시작되고 깔보듯 자신만만하게 덤벼오는 상대에게 무심결에 검을 내질렀더니 그걸로 승부가 나 버렸다. 두 번째도 마찬가지였다.

그렇게 얼떨떨하게 여기까지 올라온 것이지만 조금은 우쭐해져 있었던 것도 사실이다.

'무림도 뭐 별것 아니네.'

얕잡는 마음도 있었다.

실로 큰 착각이었다. 역시 세상이란 그리 호락호락하지 않았다. 그가 직면한 현실의 벽은 너무도 높고 너무도 두터워서 감히 뛰어넘을 엄두도 낼 수가 없었다.

그렇게 일말의 희망도 포기해 버렸다.

한데, 온통 회색빛으로 물든 세상 속에 유독 혼자서만 제 색깔을 유지하고 있는 사람이 있었다. 그래서 홀로 도드라져서 시야를 가득 채운다.

천풍이었다.

황학루에서 헤어진 이후로 처음 본다.

반가웠다. 아니, 그것은 반가움이라기보다는 안도였다.

마음이 놓였다.

그저 천풍이 보고 있다는 것만으로도 그렇게 든든할 수가 없다.

처음엔 그저 밥이나 축내러 온 서생 나부랭이쯤으로 생각했다. 그때는 상아와 따로 거래가 있었다는 것을 몰랐었기에, 가뜩이나 없는 살림에 괜한 군식구가 늘게 된 것이 그저 못마땅하기만 했다.

그러던 것이 언제부터인가 변했다.

검전도장 아이들의 몰매질로부터 구해 주었던 그날부터일까?

자신을 대신해 송양에게 복수를 해줬을 때?

아니면, 밤낮으로 자신과 상무를 가르치며 매일을 졸음과 사투를 벌이던 그 모습 때문이었을까?

언제부터인가 저도 모르게 의지를 하게 되었다.

믿음도 생겼고 기대하는 마음도 생겼다.

일찍 부모를 잃고 거지 굴을 전전하며 굶주림에 허덕이던 그때 그의 앞으로 내밀어졌던 죽은 사부의 손이 그에게 희망이란 걸 주었다면, 지금 그를 보고 있는 천풍의 눈길은 그에게 용기를 준다.

진사우가 다시 사도기를 보았다.

'그래. 안 될 건 또 뭐 있어.'

까짓것 한번 해보자는 마음이 생겼다.

상대가 제아무리 명문무가 출신이라지만 검을 잡은 시간은 별반 차이가 없다.

뛰어난 내공심법을 익혔다고 해도 지학(志學:15세)도 되지 않은 나이다. 내공을 쌓았다 한들 그래 봐야 기껏 발경 정도나 가능할 것이다.

이름 높은 스승에게서 이름 있는 검법을 배웠겠지만 그런 거라면 자신 역시 꿀릴 것이 없다. 천풍으로 말할 것 같으면 화산파의 장문제자가 머리를 조아리며 비무를 청할 정도이니 말이다.

그리 생각하고 사도기를 보니 아까와는 느낌이 사뭇 달랐다. 특별나게 커 보이지도 않았고 위축감도 들지 않았다. 오히려 원래 저렇게 작았었나 싶을 만큼 키가 작다. 자신보다 반 뼘은 더 작아 보였다.

조금 전까지 겁을 먹었던 스스로가 왠지 바보 같았다.

'섬서 대호문의 이름만 빼고 보면 한주먹 거리도 안 될 자식인데…….'

괜히 분해서 그런 생각까지 들었다.

그때 그들의 비무 시작을 알리는 북소리가 울렸다.

북소리가 울리자 오히려 떨림이 가라앉았다. 긴장감은 기분 좋을 만큼이었고 약간의 들뜸도 있었다.

섬서 대호문이란 이름 앞에 무기력하게 좌절하고 체념했던 것이 언제였나 싶게, 전혀 질 것 같은 기분이 들지 않는다. 자신보다 어리고 작은 녀석에게 진다면 이젠 창피하기까지 할 것 같았다.

'좋아! 한번 해보는 거지 뭐!'

그동안 천풍에게 배운 것들을 하나하나 되짚었다. 그렇게 십방청무검법을 신중히 되짚어 가던 끝에 떠오른 것은 지난날 천풍이 상무들로부터 자신을 구해 주었던 그 모습이었다.

한 자루의 훈계의 붓을 휘두르며 십방청무검법을 펼치던 그때 그 모습…… 그때는 인정하기 싫었지만, 그래, 멋있었다. 십방청무검법을 배우며 꿈꾸었던 자신의 미래가, 미래의 모습이 거기에 있었다.

길게 숨을 들이켜 호흡을 골랐다. 그리고 그날 천풍이 했던 그 모습 그대로 목검을 들어올렸다.

"서 있는 것은 천 년의 고송처럼! 기립천송(起立千松)!"

그렇게 비무가 시작되었다.

*　　　*　　　*

그것은 그야말로 충격적인 전개였다.

진사우와 사도기의 비무는 주위의 예상을 완전히 뒤엎어 버렸다. 모두의 예상을 깨고 일개 무도관의 문하생이 대호문의 제자를 일방적으로 몰아붙이고 있었던 것이다.

"전진이도(前進利導)!"

무모하다 싶을 만큼 사도기에게 달려들어서는,

"태산압정(泰山壓頂)!"

사도기의 정수리를 향해 주저함도, 거침도 없이 있는 힘껏 목검을 내려친다.

실로 단순하기 그지없는 공격이었다. 한데도 그 단순하기 그지없는 공격에 사도기의 얼굴은 사색이 되어 있었다.

어떻게 막아야 할지를 모르겠다.

어떻게 피해야 하는지도 모르겠다.

정수리를 향해 내려쳐오는 진사우의 목검을 보고 있으니 그 순간 머릿속이 백치가 되어 버렸다.

이번만 그런 것이 아니었다. 지금까지 계속 그랬다. 그렇게 몰리고 몰린 끝에 비무대 끝까지 다다라 버렸다.

더는 물러설 곳이 없었다. 그 순간 사도기가 바닥을 구른 것은 그저 무기력한 이성을 본능이 대신한 것뿐이었다.

나려타곤(懶驢打滾).

무림인들이 가장 수치스러워하는 수법이다. 또한 거기에 뒤따르는 것은 비웃음과 경멸뿐이다. 하지만 구경꾼들 중 사도기를 비웃는 자는 아무도 없었다.

불쌍해서도 아니고 편애해서도 아니다. 나려타곤을 비웃어줄 만큼의 여유가 없었기 때문이다.

강자존의 철칙 아래 실력이 최고의 가치가 되는 곳이 무림이지만, 모순되게도 신분의 벽이 가장 두텁고 단단한 곳 또한 무림이다.

좋은 가문에서 나고 좋은 환경에서 자라고 좋은 무공을 배운다는 것은 곧 다른 형태의 권력 세습이었다. 그리고 섬서 대호문과 청무도장을 비교한다면 황족과 천민만큼이나 큰 격차가 있었다.

하늘과 땅의 차이다.

한데, 지금 저 비무대 위에서는 하늘이 땅에게 무참히 유린당하고 있었다.

그야말로 역천이었고 천재지변이었다. 눈앞에서 하늘이 무너지고 땅이 솟아나는데 나려타곤 따위가 대수일 리가 없는 것이다. 하지만 지금 이 순간 누구보다도 충격에 휩싸여 있는 것은 당연하게도 무너지는 하늘과 솟아나는 땅의 한가운데에서 어찌할 바를 몰라 허둥대고 있는 사도기였다.

이제 사도기의 얼굴은 사색을 넘어서 아예 울상이 되어 있었다.

대체 어떻게 된 건지 모르겠다.

저 별것 아닌 삼류검법에 왜 자신이 이렇게도 맥을 못 추는지 도무지 이해가 되지 않는다.

'이런 건 배운 적이 없단 말이야!'

이런 상황을 겪게 될 거라는 것은 전혀 듣지 못했다.

이런 상황에 대처하는 법도 당연히 배우지 못했다.

사문의 존장들은 오대세가라 해도 지금의 그를 크게 곤란케 하지는 못할 거라고 했다. 그를 곤란케 할 만한 것이 혹여라도 있다면 그것은 무림사세뿐일 거라 했다. 그가 배운 것 또한 무림사세의 무공에 대처하는 법이었다.

한데 대체 어떻게 된 일이란 말인가?

대체 왜 일개 무도관의 삼류 떨거지에게 이런 창피를 당하고 있어야 한단 말인가?

'사부님! 대호문의 무공이야말로 최고라면서요? 근데 이게 뭐냐고요!'

분하고 억울했다.

분하고 억울한 마음을 속으로 삼킬 만큼 성숙한 나이가 아니었다.

무공을 배우기에 앞서 참고 인내하는 법부터 배운 사도기였지만 그를 지탱해온 사문에 대한 믿음이 완전히 부정당해 버리자 더는 참고 인내할 수가 없었다. 명문가의 자존심조차 한 톨도 남아 있지 않았다.

일그러진 얼굴은 눈물 콧물로 범벅이 되었다.

지금 이 순간 사도기는 명문무가의 제자가 아니라 그저 도자기처럼 부서지기 쉬운 사춘기 소년에 지나지 않았다.

아무리 아이들의 비무라지만 무림에서는 좀처럼 볼 수 없는 광경에 사람들이 눈살을 찌푸리기도 하고 어이없어 하기도 했다.

하지만 그것은 소수였다.

대부분의 눈은 아예 사도기를 보고 있지도 않았다. 그들 대부분의 눈은 어느 순간부터 오직 진사우만을 쫓기에 여념이 없었다. 사도기의 손발이 갈수록 어지러워지고 그럴 때마다 진사우의 맹공이 거침없이 퍼부어지는 것을, 숨을 죽여가며, 가슴을 졸여가며 그렇게 몰두해 보고 있었다. 그도 그럴 것이 그들 대부분이 청무도장과 마찬가지로 가지지 못해서 무시와 멸시 속에서 살아온 사람들이기 때문이다.

적어도 지금 이 순간만큼은 진사우가 그런 그들의 대변

자였고 영웅이었다. 또한 그것이 사람들을 천하사절에 열광하게 하는 이유이기도 했다.

어쨌든 비무도 막바지에 이르러 있었다.

싸울 의지조차 꺾여 버린 사도기에겐 목검조차도 너무 무거웠다. 그리해 급기야 목검을 놓쳐 버리는 추태까지도 보이고 말았다.

"아……!"

좌절은 체념이 되고 체념은 탄식이 되어 흘러나왔다. 그리고 그 순간 진사우의 목검이 당연하다는 듯이 아무런 방해도 받지 않고 사도기의 목에 닿았다. 그렇게 짧지만 강렬했던 비무가 끝이 났다.

제4장

천무구룡? 천무십일룡!

천극의 서

대회장 안은 비무가 끝나고도 한참이나 정적에 휩싸여 있었다.

가슴 졸여가며 진사우를 응원했던 가지지 못한 자들도, 사도기의 굴욕적인 모습들에 때로는 분해하고 때로는 안타까워하던 가진 자들도, 그런 것과는 상관 없이 예상치 못한 전개에 놀라워하던 사람들도 하나같이 벌린 입을 다물지 못한 채 그저 망연히 비무대 위를 바라보고만 있었다.

아무리 아이들의 대결이고 그렇기에 변수라는 것이 항시 존재하기 마련이라지만 비무대 위에 홀로 오롯이 서 있는 진사우의 모습은 변수의 오차범위마저도 넘어서 버린 것이었다.

그렇게 모두가 넋을 놓고 있을 때, 상아의 목소리가 대회장을 울렸다.

"거봐! 거봐! 내가 뭐랬어? 사우 오빠가 이길 거라 그랬지? 사우 오빠가 이길 거라고 그랬잖아! 사우 오빠가 이긴다니까!"

신이 나서는 들뜬 목소리로 고래고래 소리를 질러댄다. 그러고도 흥분이 가시지 않는지 양손을 허리에 턱 하니 걸치고 주위를 둘러보며 고개를 거만하게 추켜든다.

"누가 누구 때문에 재수 우라질라게 없게 된 건지 이젠 알겠죠? 이래도 우리 도장을 일개 무도관이라고 무시할 거예요? 그럴 수 있어요? 흥! 흥! 우리 청무도장은 무림사세가 와도 두려워하지 않는다고요!"

급기야 무림사세를 들먹이기까지 한다.

하지만 아무도 상아를 비웃지 않았다. 적어도 지금 이 순간만큼은 그 말이 전혀 허풍으로 들리지 않는 것이다.

이윽고,

"청무도장의 진사우, 승(勝)!"

판정이 내려졌다.

그제야 상아의 목소리 말고는 쥐죽은 듯 조용했던 대회장에 소란이 일기 시작했다.

"뭐야 이게? 진짜야? 진짜로 대호문의 제자가 진 거야?"

"이햐! 이건 진짜 이변이잖아!"

"이변이 아냐! 이건 파란이라고! 일개 무도관이 섬서 대호문을 꺾은 거라고! 기적이 일어난 거란 말이야!"

"그러니까 일개 무도관이 아니라니까요!"

소란의 끝은 함성이었다.

"와아!"

대회장이 들끓었다. 내일부터 시작될 정식 비무대회 전에 그저 심심풀이 삼아 구경 나왔던 사람들도 뜻하지 않은 볼거리에 흥분을 감추지 못했다. 청무도장에 대해 흥미를 보이기도 하고 과연 청무도장이 어디까지 올라갈지 그 결과를 궁금해하기도 했다.

그 때문에 바빠진 것은 내기꾼들이었다.

승부에서 빠질 수 없는 묘미가 바로 내기다. 투견장은 물론이고 하다못해 귀뚜라미 싸움을 두고도 내기를 거는 것이 내기꾼들의 습성인데 이런 큰 대회에서 내기판이 벌어지지 않을 리 없었다.

정식 비무대회가 아니었기에 지금까지는 그래도 차분한 분위기였다. 앞서 사람들의 말처럼 대호문을 비롯해서 몇몇 우승 후보군에 판돈이 집중되어 대박을 노릴 만한 판도 아니었고 그래서 내기판에 사람들이 그리 많이 몰리지도 않았다.

그런 중에 생각지도 못했던 복병마가 등장한 것이다.

판돈을 걷는 사람들이 분주해졌다.

"좋아! 여기 청무도장에 은자 다섯 냥!"

"어차피 대박 아니면 쪽박인데, 까짓! 난 청무도장에 열두 냥이오!"

그들을 부르는 목소리들이 사방에서 들려왔다. 그러한 분위기는 마치 조용하던 숲에 벌집이라도 들쑤셔 놓은 것 같았다.

그 같은 분위기에 한껏 우쭐해진 상아가 임설아를 보며 물었다.

"언니, 지금 가진 돈 얼마 있어?"

"그건 왜?"

"얼마 있는데?"

"그러니까 그건 왜? 설마 내기라도 하겠다는 건 아니겠지?"

"무슨 소리를 하는 거야? 생판 모르는 남도 우리한테 돈을 거는데 우리가 어떻게 이대로 가만히 있어? 이 정도로 열이 올랐는데 은전 몇 푼 아까워서 빌빌거린다면 무림동도들이 우리 청무도장을 비웃는단 말이야."

제법 거창하게 열변을 토하지만 임설아를 설득시키기엔 역부족이었다.

"안 돼. 그런 데다 허투루 낭비할 돈 없어. 어린 것이 어찌 자꾸 못된 것에만 관심을 가지는 거야?"

"칫! 언니는 이래서 재미가 없어. 너무 꽉 막혔다니까."

그래도 미련을 못 버리겠는지 이번에는 천풍을 부추긴다.

"천풍 아저씨, 천풍 아저씨라도 한번 해봐요. 천풍 아저씨는 돈 많잖아요."

하지만 천풍도 고개를 내젓기는 마찬가지였다.

"나도 내기 같은 거에는 별로 관심이 없어서……."

천풍까지 호응을 안 해주자 입술을 샐쭉이 내밀며 투덜거린다.

"흥! 다들 사우 오빠랑 상무 오빠를 믿지 못하는 거뿐이네 뭐. 그래서 돈 잃게 될까 봐 그러는 거잖아? 돈 좀 잃으면 어때서 그래? 믿음이 중요한 거 아냐? 우리가 믿음을 보여줘야 오빠들이 더 힘내서 더 좋은 성적을 낼 거 아니냔 말이야. 상무 오빠, 상무 오빠도 이길 자신 있지?"

"물론이지!"

"우승도 할 거지?"

"당연하지!"

"거봐! 이긴대잖아. 우승도 한대잖아. 근데 다들 바보같이 뭘 겁내는 거야? 난 우리 오빠들을 믿어! 분명히 이길 거야. 무조건 이길 거야. 절대로 이길 거야. 그러니까 겁낼 거 없단 말이야. 완전 돈 놓고 돈 먹긴데 이런 기회를 놓치는 건 너무 아깝잖아? 안 그래?"

생각하면 할수록 아까운지 이젠 발마저 동동 굴렀다. 그

때였다.

"하하하하! 꼬마 아가씨가 저리도 확신을 갖고 말하니까 이거 나도 괜히 마음이 흔들리는데?"

뒤쪽이었다. 돌아보니 이십 대 중후반쯤으로 보이는 사내가 그들 일행 쪽으로 다가오고 있었다.

사내가 성큼 상아에게 다가서서는 묻는다.

"한데 꼬마 아가씨의 말을 믿고 판돈을 걸었는데, 만일 꼬마 아가씨가 틀린 거면 어떻게 책임질 거지? 돈이라도 대신 물어줄 건가?"

웬 낯선 사내가 불쑥 끼어들어서는 갑작스럽고 난감할 법한 질문을 던졌지만 상아는 전혀 당황해하는 기색도 없이 되물었다.

"그걸 왜 제가 책임져야 되는데요?"

"꼬마 아가씨가 무조건 이긴다고 했잖아? 완전 돈 놓고 돈 먹기라며? 꼬마 아가씨의 그 말을 믿고 돈을 걸었다가 홀라당 날려 버리게 되면 당연히 꼬마 아가씨가 책임을 져야지."

"그건 아니죠. 제가 제 말을 믿으라고 아저씨한테 강요한 게 아니잖아요. 아저씨는 오빠들을 믿는 저를 그냥 믿은 거잖아요. 아저씨가 믿는 것까지 제가 책임질 필요는 없잖아요. 게다가 아저씨가 저 때문에 돈을 딴다고 해서 저한테 해주기로 한 것도 없으면서 돈을 잃었을 때만 책임을 지라는 건 공평하지도 못해요."

상아가 또박또박 반박을 하자 사내가 다시 기분 좋은 웃음을 터트렸다.

"하하하하! 역시 똑똑한 아가씨였어. 이렇게 똑똑한 아가씨가 잘못 판단할 리가 없지. 좋아 좋아. 그럼 어디 꼬마 아가씨의 선견지명을 믿고 대박 한번 노려 볼까?"

그러더니 한창 내기 돈을 걷고 있는 염소수염의 사내를 불렀다.

"배당이 어떻게 돼?"

"현재 능씨세가에 걸면 원금의 2할이고 창천검가에 걸면 원금의 5할입니다. 모험을 조금 하시려면 강서 백운방이 적당하지 않을까 싶습니다. 원금의 두 배 반이나 되니까요."

"청무도장은?"

"청무도장이 복병마이긴 하죠. 다섯 배입니다. 조금 전 그 한 판으로 사람들이 갑작스럽게 청무도장으로 많이 몰리는 바람에 배당은 위험도에 비해 그다지 높지는 않은 편입니다."

"좋아. 거기로 하지."

사내가 주섬주섬 품을 뒤져서는 종이 한 장을 꺼내어 내밀었다.

"전표일세. 염가상단의 것이니까 진위야 금방 판별할 수 있을 것이네."

"이, 이건……!"

전표를 확인한 염소수염의 사내가 놀라 눈을 휘둥그레 떴다.

"이, 이걸 전부 거시겠다는 말씀입니까?"

"당연하지. 술이 한 말이라도 한 입에 털어 마시는 것이 사내의 멋인데 고작 돈 몇 푼에 쪼잔하게 굴 수야 없는 법 아니겠나?"

"아무리 그래도 그렇지…… 오백 냥이나 되는 거금인데……."

"가문의 땅문서를 슬쩍해서 팔았더니 그 돈을 주더라고. 하하하!"

사내는 기분 좋게 웃었지만 염소수염은 '이런 미친 놈을 봤나?' 하는 표정이었다. 염소수염뿐만 아니라 그의 말을 듣고 있던 모두가 별반 다르지 않는 눈빛으로 사내를 보고 있었다.

어쨌거나 돈이 많이 걸리면 많이 걸릴수록 염소수염에게는 좋은 일이니 굳이 마다할 이유가 없다. 전표를 냉큼 품속에 챙겨 넣고는 물었다.

"존함은 어떻게 되십니까?"

"복주(福州) 신창문(迅槍門)의 관여락(官呂樂)이네."

염소수염이 명부에 이름과 금액을 적은 후 행운을 빈다

는, 마음에도 없는 덕담 한 마디를 남기고 사라졌다.

염소수염이 사라지자 관여락이 다시 상아를 마주했다.

"저 오백 냥은 그냥 오백 냥이 아니다. 내겐 목숨과도 다름없는 돈이다."

"집에서 훔친 거라면서요?"

"그러니까 말이다. 이대로 탈탈 털려서 빈털터리로 돌아가면 내가 내 아버님한테 온전할 리가 없지 않느냐? 이번에야말로 의절을 당할지도 모르고, 거기다 다리몽둥이 하나는 아작 난다고 봐야지. 그런 피 같은 돈을 네 말만 믿고 투자를 해 버렸다 이거다."

"그렇게 간단히 써 버릴 거면서 땅문서는 왜 훔친 건데요?"

"실은 내일 비무에 나도 참가할 거거든. 그리고 우승도 할 거고. 내가 우승할 게 뻔한데 그런 기회를 놓칠 수야 없는 일 아니냐? 그래서 훔쳤지. 아니, 훔친 게 아니라 잠시 빌린 거라고 할 수 있지."

"그러니까 아저씬, 아저씨 자신한테 돈을 걸려고 땅문서를 훔쳤다는 거예요?"

"그렇지. 나는 아직 이름이 알려지지 않아서 배당이 엄청날 거거든. 다섯 배 아니라 열 배 스무 배가 될지도 몰라. 이제 알겠어? 그렇게 큰 기회를 네 말 한 마디에 포기한 거라는 말이야. 그러니 감동까지는 아니더라도 조금은 고마워해 달라고.”

관여락이 한쪽 눈을 찡긋거리자 상아가 어이없다는 눈으로 그런 관여락을 보았다.

비록 길지 않은 생이긴 하지만 살다 살다 이렇게 대책 없고 정신 나간 인간은 처음 본다.

“어휴…… 아저씨네 아버지도 아버지지만 아저씨네 어머니도 참 안됐네요.”

“왜?”

“아저씨 같은 자식도 자식이라고 힘들게 낳고 미역국을 드셨을 거 아녜요.”

“하하! 말 한번 독하게 하는구나.”

“독하긴요 뭘. 아저씨 같은 사람을 정신 차리게 하려면 정말 독하게 말을 해줘야 하는데 제가 워낙에 마음이 착해서 차마 그러질 못하는 거죠. 이렇게 고운 입술로 쌍욕을 해댈 수는 없는 거니까요.”

“마음은 쌍욕이라도 하고 싶다는 거구나.”

“세상사라는 게 하고 싶은 것 다 하고 살 수는 없는 거니까요. 그리고 고마워해야 하는 건 내가 아니고 아저씨예요.”

“그건 또 왜?”

“아저씨 같은 사람이 비무대회에서 우승할 수 있을 리가 없잖아요. 질 게 뻔한 내기에 돈 안 걸고 제 덕분에 이길

게 확실한 내기에 돈을 걸었으니 당연히 저한테 고마워해야죠."

"그건 아닌데?"

"뭐가 아니에요?"

"난 우승할 거거든."

"아저씨, 아저씨 혹시 꽃 좋아해요?"

"꽃? 사내대장부가 그딴 걸 좋아할 리가 있냐?"

"어? 이상하네. 미친 사람은 다들 꽃 좋아한다던데……."

순간,

"풋!"

실소를 터트린 것은 뜻밖에도 임설아였다.

하지만 더욱 뜻밖인 것은 그 다음이었다.

"크큭…… 크크크큭……!"

추도향이다. 억지스레 웃음을 참는 듯, 또한 도무지 그 웃음을 참지 못하겠다는 듯 큭큭거리며 어깨를 심하게 들썩인다. 관심 없는 듯하면서도 아무래도 그들의 대화를 무척이나 재밌게 듣고 있었던 모양이었다.

순식간에 여인네들의 웃음거리가 되어 버린 관여락이 심히 억울하다는 듯 오른쪽 눈살을 한껏 찌푸렸다.

"어허, 이거 아무도 내 말을 믿지 않는 모양이군. 내가 그래도 평생을 신용 하나로 살아온 사람인데……."

"신용 하나로 살아온 사람이 땅문서를 훔치지는 않겠죠."

"이거 참…… 좋아, 꼬마 아가씨가 그렇게까지 믿지 못하겠다면 나랑 내기를 하자고."

"내기요?"

"내가 우승을 하는지 못하는지 내기를 하자 이거야."

"뭘 걸고요?"

"원하는 것 하나씩 들어주기."

"아저씨가 저한테 원하시는 게 뭔데요?"

"그 아저씨라는 호칭, 아까부터 상당히 거슬려서 말이야."

"그래서 뭐예요? 설마 오빠 소리라도 듣고 싶은 거예요?"

"뭘 그리 놀라고 그래? 말이 나왔으니 말이지만 내가 어딜 봐서 아저씨야? 아직 애는커녕 장가도 안 간 사람한테 아저씨는 좀 아니잖아? 이렇게 젊고 잘생긴 아저씨가 세상에 어디 있냐고."

"여기 있잖아요. 아저씨보다 젊은 데다 아저씨보다 훨씬 잘생기기까지 한 아저씨."

상아가 대뜸 천풍을 가리켰다.

엉뚱하게 이야기의 중심에 등장하게 된 천풍은 머쓱히 머리를 긁적였다.

관여락이 그런 천풍을 보며 가당찮다는 표정을 했다.

"이 형씨의 어디가 나보다 훨씬 잘생겼다는 거야? 사내라면 나처럼 얼굴이 각도 좀 지고 수염도 좀 있고 눈도 좀 부리부리해야 모름지기 얼굴값 좀 한다는 소리를 듣지. 기생오라비도 아니고, 사내가 얼굴 곱상하니 허여멀건해서 뭐에 써?"

천풍은 쓴웃음을 베어 물었다.

'얼굴 곱상한 기생오라비라…….'

아무래도 자신을 두고 하는 말인 것 같다.

그렇다고 기분이 상하거나 화가 나지는 않았다. 언젠가 상아에게서도 같은 말을 들은 적이 있었다. 임설아는 아예 색마에 변태성욕자라고까지 했었다.

천풍이 지난 기억을 떠올리며 고소를 짓고 있자 관여락이 그런 천풍을 보며 말을 이었다.

"게다가 이 형씨라고 아저씨라 불리는 게 좋기만 했겠어? 보아하니 나보다도 한참 밑인 것 같은데? 이보시오, 형씨. 우리 한 번 솔직하게 말해 봅시다. 아저씨라 불려서 마냥 좋기만 했습니까?"

"아니, 뭐…… 저는 별로 상관이 없는데……."

"거 보라고. 이 형씨도 그동안 아저씨라 불린 게 싫었다잖아."

"아니, 저는 별로 상관이……."

"거 보라니까. 그동안 말을 안 해서 그렇지 싫은 걸 억지로 참고 있었던 것뿐이라고."

"……."

천풍의 대답 같은 건 깡그리 무시해 버리고는 자기 할 말만 한다.

가는귀가 먹은 건지 뻔뻔한 건지 모르겠다.

천풍만큼이나 상아도 기가 막힌다는 얼굴이다. 그러다 손을 휘휘 내저었다.

"알았어요, 알았어. 그렇다 쳐요. 그렇다 치자구요. 죽은 사람 소원도 들어준다는데 미친 사람 소원 하나 못 들어줄 것도 없죠 뭐. 좋아요, 아저씨가 우승하면 아저씨라 안 그럴게요. 어차피 아저씨가 우승할 리가 없으니까. 그럼 아저씨가 우승 못하면 아저씨는 저한테 뭘 해줄 건데요?"

"그거야 꼬마 아가씨가 정해야지."

"음…… 음……."

상아의 반듯하고 고운 이마에 주름이 생겼다. 선뜻 떠오르는 게 없는 듯 꽤 긴 시간 골똘히 생각하고 있다. 그러다 마침 좋은 생각이 떠올랐는지 눈을 반짝이며 관여락을 본다.

"좋아요. 결정했어요."

"그래. 꼬마 아가씨가 나한테 원하는 게 뭐지?"

"저도 그 꼬마 아가씨란 호칭 별로 맘에 안 들어요. 그러니까 아저씨도 다르게 불러주세요."

상당히 의미심장한 눈빛이어서 무슨 대단한 거라도 요구할 줄 알고 살짝 겁이 났던 관여락이다. 한데 고작 호칭을 바꿔달라는 것이라 하니 한편으로는 안심이 되면서도 한편으로는 실망도 되었다.

하지만 이어서 나온 상아의 말은 그런 실망감을 단숨에 날려 버렸다.

"아저씨가 우승 못하면 앞으로 저를 누님이라고 부르셔야 돼요."

"뭐? 누님?"

"왜요? 아저씨도 오빠라고 불러달랬으니까 나도 누님이라고 불러달라는 건데, 뭐가 잘못됐어요? 완전 공평한 거 같은데요?"

"꼬마 아가씨랑 내가 나이 차이만 해도 십 년은 훌쩍 넘을 텐데, 그게 어떻게 공평해? 꼬마 아가씨보다 두 배는 더 산 사람한테 누님이라고 부르라는 건 너무 경우도 없고 양심도 없는 거 아냐?"

"흥! 나보다 두 배는 더 산 사람이 양심도 없이 오빠 소리 듣고 싶어 하는 것보다는 훨씬 더 경우가 있네요 뭐. 자신 없으시면 관두세요. 어차피 제가 이길 게 뻔한 시합인데 억지로 내기 하자고는 안 해요. 저는 누구랑은 달리 양심도 있고 경우도 있거든요."

"이거 왜 이래? 자신 없기는 누가 없다는 거야? 비무대회의 우승은 이미 나로 정해진 거나 마찬가지란 말씀이야. 꼬마 아가씨야말로 나중에 딴소리나 하지 말라고!"

그렇게 해서 둘만의 내기는 성립이 되었다.

둘의 티격태격 하는 모습은 마치 어느 경극단의 광대들처럼 우스꽝스럽기도 하고 익살맞기도 해서 구경하던 이들이 키득대며 재밌어 했다. 그런 와중에 천풍만은 조금 다른 시선으로 관여락을 보고 있었다.

자신의 비무대회 우승을 호언장담하는 그 말이 왠지 허풍으로만 들리지 않아서였다. 오히려 듣고 있자니 정말로 그리 될 것 같은 기분마저 들어 새삼스런 눈으로 관여락을 살폈다.

시종일관 입가에 머물러 있는 넉살 좋은 웃음이나 건들건들대는 태도를 보자면 기생집이나 드나드는 한량처럼도 보이고 할 일 없이 빈둥대는 동네 파락호처럼도 보이는데 묘하게도 눈빛만큼은 곧고 당당했다.

적어도 가문의 땅문서를 훔쳐서 한탕 내기 돈으로 탕진할 만큼 개 아들놈으로는 보이지 않았다. 풍기는 기운만 보자면, 지금껏 그가 만나 본 제법 한다 하는 무인들에 비교해도 손색이 없어 보였다.

'그건 그렇고, 저건 뭐지?'

천풍의 눈에 이채가 띄었다.

관여락의 등 뒤로 삐죽이 솟아 있는 어떤 물건 때문이었다.

'창인가? 아니면 봉?'

무기인 것은 분명해 보였는데 끝 부분이 천으로 돌돌 말려 있어서 정확히 어떤 무기인지는 판별하기가 어려웠다.

"혹시 복주 신창문이 어떤 곳인지 아십니까?"

혹시 추도향이라면 알고 있지 않을까 해서 나직이 물었다.

예상대로 추도향은 신창문에 대해서 알고 있었다.

"무림에서 크게 유명한 곳은 아니지만 복주에서는 반양의창법(反兩儀槍法)으로 일가를 이룬 문파예요. 문주 관서량은 인품이 뛰어나 인망이 상당히 두터운 인물로 알려져 있기도 하고. 다시 말해 지방의 군소방파 중에서는 기반이 제법 튼튼한 곳이라 할 수 있죠. 허나, 복주 신창문에는 아주 심각한 문제가 하나 있어요."

"심각한 문제라면……?"

"앞으로 신창문을 이끌어가야 할 문주 관서량의 독자가 말도 안 되게 골칫덩이라는 거죠."

천풍의 시선이 자연스레 관여락을 향했다.

"신창문의 후계라면 당연히 가문의 무공을 갈고 닦아 문파의 이름을 높일 생각을 해야 하는데 그러기는커녕 등한시에 무시에, 아예 거들떠도 보질 않으니 그 미래가 밝을 리가 없죠. 한 번은 문하생들을 모아놓고 이렇게까지 말했다더군요. 신창문의 반양의창법은 쓰레기라고."

"……."

"그런 쓰레기는 익힐 가치가 없는 거라고. 일찌감치 정신 차리고 집에 가서 농사나 지으라고."

"설마 그렇게까지야 말을 했을라구요?"

"실제로 그 뒤로 신창문을 떠난 사람이 제법 있었다고 하니 어쩌면 그보다도 더 심한 말을 했을지도 모르죠. 중요한 건 그런 기행이 한두 번이 아니라는 거죠. 기행이라고 하기도 뭐한 괴행들을 일삼으며 걸핏하면 사고를 치니 그 아비조차 마냥 참을 수만은 없었던 건지, 지금은 거의 의절을 하다시피 하며 가문에서 내쫓았다고 하더군요. 복주 일대에서는 관여락 하면 아예 인간망종으로 낙인이 찍혀 있을 정도고요. 하긴, 내기 판돈으로 쓰려고 가문의 땅문서를 훔쳐올 정도이니 그 대책 없음이야 오죽하겠어요. 하지만……."

추도향의 고개가 관여락에게로 돌려졌다.

"아무래도 소문이 전부 사실이었던 것은 아니었나 보네요."

"……?"

"단순한 인간망종이 저처럼 정순한 기운을 품고 있을 리가 없죠."

천풍이 보았던 것을 추도향도 본 모양이었다.

"저만큼이나 정순한 기운을 가지고 있다는 것은 정파 내가기공의 근본이라 할 수 있는 순천, 즉, 양생의 심법을 적어도 십 년 이상 한눈팔지 않고 꾸준히 익혀왔다는 거니까요."

천풍은 그저 막연히 뭔가 범상치 않다고 느낀 것에 비해 추도향은 구체적인 데다 논리도 있다. 제대로 된 스승 밑에서 제대로 배운 자와 그렇지 못한 자의 차이일 것이다.

어쨌거나 관여락이라는 자가 평범한 자가 아니라는 것만은 분명했다.

'역시 저건 창인가?'

관여락이 등에 메고 있는 물건…… 반양의창법을 쓰레기라 했다고 하더라도 그의 근본은 결국 창일 테니까 말이다.

둥둥둥!

세 번의 북소리가 울린 것은 그 무렵이었다.

직후, 상무가 성큼 앞으로 걸음을 내딛었다.

"이제야 내 차례네. 아, 정말 순서 기다리는 게 더 지쳐."

상무가 지겨웠다는 듯, 애써 여유로운 척 기지개를 켰지만 그 얼굴에는 어쩔 수 없이 긴장하는 기색이 역력했다.

상아가 그런 상무를 보며 힘주어 말했다.

"이겨야 돼! 꼭!"

"당연하지. 사우 녀석도 이겼는데 내가 질 리가 없잖아. 더구나 내 상대는 우승 후보 같은 것도 아닌데 뭐."

긴장하는 기색은 역력했지만 그래도 눈빛만큼은 흔들림

없이 자신만만했다.

사실 진사우의 기적 같은 승리에 모두가 환호할 때 단 한 명 상무만은 못마땅한 표정을 했었다. 그것은 지금도 다르지 않았다.

'흥! 고작 코흘리개 꼬맹이 하나 이긴 게 뭐 대수라고 호들갑들을 떠는 건지……'

자신이 먼저 받았어야 할 찬사와 환호를 진사우가 가로챈 것이 여간 짜증나는 것이 아니었다.

진사우의 상대가 대호문의 제자인 것을 알게 되었을 때만 해도 그 역시 진사우의 패배를 기정사실화 하고 있었다. 꼴사납게 패해서 괜히 자신마저 우스갯거리로 만들지나 않을까, 심히 걱정스럽기까지 했다.

한데, 모두의 예상을 깨고 진사우의 눈부신 활약이 펼쳐지기 시작했다. 그 순간의 감정은 놀람이었고 이어진 것은 다른 구경꾼들과 다를 바 없는 가슴 졸이는 기대였다.

그간 쌓인 정 때문인지, 아니면 청무도장이라는 울타리 때문인지는 모른다. 그 스스로도 이해가 가지 않는 감정이었다. 하지만 분명한 것은 적어도 그 순간만큼은 진사우를 응원하고 있었다는 것이다.

그러나 그렇게 가슴 졸이며 응원하던 끝에 진사우의 승리가 확정되고, 이윽고 진사우에게 사람들의 갈채가 쏟아지자 그러한 마음은 급속도로 식었다.

언제 응원했냐 싶게 분한 마음만 잔뜩이었다.

모든 게 마음에 안 들었다.

진사우에게만 쏟아지는 사람들의 찬사는 물론이거니와 주위의 환호 속에 진사우의 승리가 도무지 믿기지 않는다는 표정을 하고 있던 임설아도 그랬고, 신이 나서 방방 날뛰어대던 상아도 그랬다. 무엇보다 마음에 안 드는 것은 비무대 위의 진사우를 보며 대견하다는 듯, 자랑스럽다는 듯 흐뭇한 미소를 머금고 있던 천풍의 모습이었다.

하지만 지금은 진사우에게 보내던 그 눈빛 그대로 상무를 보고 있다. 그리고 진사우가 느꼈던 것과 똑같은 신뢰와 든든함을 상무도 고스란히 느끼고 있었다.

상무가 비무대에 오르기에 앞서 천풍에게 다가갔다.

"사형."

천풍이 의아한 듯 상무를 본다.

상무가 결의에 찬 눈빛을 하고 말했다.

"잘 보고 계세요."

"……?"

"이제부터 사형이 가르쳐 준 무공으로 세상을 놀라게 하고 올 테니까. 사형한테 제대로 무공을 배운 게 누군지 지금부터 확실히 보여줄 테니까. 그러니까 여기서 꼼짝 말고 똑똑히 지켜보고 계세요."

진사우도 그랬지만 천풍에게 인정을 받고 싶어 하는 건

상무라고 다를 바가 없는 것이다.

* * *

장년부라 할 수 있는 정식 비무대회는 한 사람이 하루에 두 번밖에는 비무를 치를 수 없게 되어 있다. 그도 그럴 것이 실력이 비슷한 사람과의 비무는 그 자체로 많은 시간이 소요되기도 하지만 내력소모가 심해서 바로 다음 비무에 임하는 것이 현실적으로 어렵기 때문이었다. 한 번의 비무 후에는 반드시 네 시진을 쉬도록 되어 있었고 유시(酉時:오후 5시~7시)를 넘어서는 비무를 할 수 없게 되어 있었다. 그래서 무려 열흘에 걸쳐서 대회가 치러지는 것인데 소년부는 그것과는 조금 달랐다.

어디까지나 식전 행사에 불과한 데다 장년부에 비하면 참가자 수도 훨씬 적었고, 또한 아이들이라는 점을 고려해서 한 시합에 반 시진이라는 제약을 두었다.

사실 반 시진은커녕 일각을 넘어가는 비무도 좀처럼 없었지만 간혹 비무가 반 시진을 넘는 경우가 생기면 그것으로 비무는 끝이 나고 판결에 의해 보다 우세했던 쪽이 승자가 되는 방식이었다. 비무와 다음 비무 사이의 터울도 반 시진으로 두어 원활하고 빠른 진행이 되도록 유도했다. 그래서 하루 만에 우승자를 가릴 수가 있는 것이다.

그렇게 진행되고 있는 소년부 비무대회는 그야말로 이변의 연속이었다. 그리고 이변의 중심에는 청무도장이 있었다.

진사우는 물론이거니와 상무도 자신의 호언장담대로 세상을 놀라게 하고 있었다.

두 아이의 질주는 거침이 없었다.

그야말로 승승장구였다.

소위 말하는 우승 후보들이 두 아이들에게 추풍낙엽처럼 떨어져 나갔다. 그럴 때마다 사람들의 환호는 들끓었고 대회장의 분위기는 한층 더 후끈 달아올랐다.

오늘 이 장소에서만큼은 두 아이가 영웅이었다. 두 소년 영웅을 배출한 청무도장 또한 일개 무도관이 아닌 무림의 신비문파쯤으로 사람들의 입에 오르내리고 있었다.

그 중 가장 열정적인 응원을 보이고 있는 것은 관여락이었다.

"우하하하하! 바로 그거지! 바로 그거야! 그래! 검은 그렇게 휘두르는 것이야!"

"아이고, 요 귀여운 것들! 니들 정말 천재구나! 그래! 그래! 이왕지사 이렇게 되어 버린 거, 천하제일을 노려보는 거다!"

"좋아! 다 덤벼! 다 덤비라 그래! 다 덤벼 보라고!"

그 같은 열정적인 응원의 힘을 받아, 그리고 대회장이

떠나갈 듯한 환호와 박수갈채 속에서 드디어 모든 경쟁자들을 물리치고 텅 빈 비무대 중앙에 두 소년 영웅이 섰다.

대회장 안의 분위기는 천풍이 처음 발을 디뎠을 때와는 완연히 달랐다. 그 열기도 온탕과 냉탕만큼이나 차이가 있을뿐더러 구경꾼의 숫자도 훨씬 더 불어나 있었다. 심지어 개중에는 무림에서 제법 이름깨나 있는 고수들까지도 끼어 있었다.

그만큼 주목을 받고 있는 것이다.

그만큼 두 아이들의 활약상이 큰 파장을 불러일으킨 것이다.

"감회가 남다르겠네요."

추도향이 천풍을 보며 그렇게 말을 걸어왔다.

천풍이 잠시 추도향을 보았다가 이내 비무대 위의 두 아이에게로 눈길을 던졌다.

추도향의 말대로 감회가 남달랐다.

'당신 뭐야?'

버르장머리 없이 대뜸 반말지거리를 해대던 상무와의 첫 만남도,

'형, 은혜든 원한이든 받은 것의 열 배를 돌려주는 것이 강호의 법이에요!'

처음으로 마음을 열고 형이라 불러주었던 진사우의 얼굴도,

'떠나시기 전에 십방청무검법을 가르쳐 주시면 안 돼요?'

그렇게 시작되어 졸린 눈 비벼가며 아이들을 가르쳤던 그 시간들까지도 주마등처럼 뇌리를 스쳐갔다.

두 아이들이 이렇게까지 대단한 활약을 펼칠 거라고는 미처 생각지 못했다.

두 아이들의 활약이 이렇게까지 뿌듯하고 자랑스러울 거라고도 미처 생각하지 못했다.

스승된 마음이란 것이 이런 것일까?

스승 현야도 하루하루 성장해가는 자신을 보며 이처럼 가슴 벅차 했을까?

현야에게 생각이 미치자 새삼 걱정이 된다.

어영부영 반년이 지나 버렸다.

어쩌면 이미 현천사로 돌아와 계실지도 몰랐다. 서찰이야 남겨두었지만 그래도 불민한 제자를 노심초사하며 기다리고 계실지도 모른다 생각하니 괜히 마음이 바빴다.

'무림대회가 끝나는 대로 바로 돌아가야겠어.'

그리 생각을 하고 보니 천하사절이니 천무구룡이니 그게 다 무슨 상관이냐 싶었다. 염장이 말했던 새로운 문파라든가 새로운 질서라든가 그런 것에 관해서도 생각이 보다 확고해졌다.

'어차피 여긴 내가 있을 곳이 아니니까.'

대회장 안에 이상한 기류가 흐르기 시작한 것은 천풍이 그렇게 마음의 정리를 마쳤을 즈음이었다.

갑작스러운 것은 아니었다.

사우와 상무의 말도 안 되는 활약이 이어지면서 사람들의 마음에 소리도 형체도 없이 스멀스멀 피어오르기 시작한 것이 누군가가 무심코 던진 한 마디에 밖으로 툭 불거져 나온 것이었다.

"저거 말이야, 저거…… 그거랑 많이 닮지 않았어?"

"그거라니? 뭘 말인가?"

"그러니까 그거 말이야. 삼류무공으로 일류무공을 이기는 거…… 그거랑 비슷하잖아?"

"뭐? 자네 말은 그럼 저 아이들이 익힌 게 천하사절의 비급이라도 된다는 말인가?"

"사실이 그렇잖은가? 천하사절의 무공이 아니면 일개 무도관의 문하가 섬서 대호문과 창천검문의 제자를 연이어 꺾고 능씨세가의 막내 공자마저 이겨 버린다는 게 어디 말이나 될 법한 일인가 말일세."

처음에는 그저 둘만의 사사로운 대화였다.

하지만 그 파장은 엄청났다.

'설마?'

'에이, 그럴 리 없지.'

'저렇게 어린 애들이 어떻게……?'

저마다 혹시나 하고 있던 것이었다. 너무 현실 같지 않은 일이라 차마 입 밖으로 내지 못하고 속으로만 생각하던 것이었다. 그러던 중에 가려운 곳을 긁어주듯 누군가의 입에서 천하사절의 이름이 나왔다.

시작은 어려웠지만 그 후는 쉬웠다.

그야말로 일파만파였다.

대회장 곳곳에서 천하사절의 이름이 튀어 나왔다.

말에 말이 더해지고 추측에 추측이 더해졌다. 그리해 '혹시 천하사절의 비급을 익힌 것은 아닐까?' 라는 의문은 순식간에 '역시 천하사절의 비급을 익힌 거로군.' 이란 확신으로 바뀌었다. 그리고 그것은 삽시간에 대회장 안을 온통 들쑤셔 놓기 시작했다.

마치 활활 타오르던 불길에 기름이라도 끼얹은 것 같았다.

전염병이 번지듯 그 같은 흥분과 그 같은 기대가 빠르게 번져 갔다. 환호와 열광이 지금까지와는 비교가 안 될 만큼 거세게 들끓어 올랐다.

천하사절의 무공이 등장한 것이다.

천하사절의 비급을 얻은 자가, 그것도 하나도 아니고 둘이나 한꺼번에 나타난 것이다.

제5장

대체 뭐가 못마땅했던 거지?

천극의 서

"그래, 그렇지. 그럴 줄 알았다니까! 천하사절과 무관할 리가 없지! 아암! 그렇고말고!"

염장이 좀처럼 흥분을 가라앉히지 못하고 있었다. 그가 이토록 흥분해 있는 것은 조금 전 조충이 가져다 준 한 장의 보고서 때문이었다.

우승 진사우(청무도장)

차승 정상무(청무도장)

소년부 비무대회의 결과가 적힌 보고서였다. 그리고 거기에는 특기 사항이 하나 추가되어 있었다.

'우승자와 차승자는 천하사절의 비급과 관련이 있는 것

으로 추정됨.'

이미 그 소문이 파다하게 퍼져서 최연소 비급의 주인이 나타난 것이라는 둥, 천무구룡이 이제 천무십일룡이 되었다는 둥, 소주 거리가 온통 그 이야기로 떠들썩하다는 설명도 덧붙여져 있었다.

청무도장이라면 천풍이 지냈던 곳이다.

두 아이는 잠깐이나마 황학루에서 얼굴도 보았었다. 한데 그 아이들이 난다 긴다 하는 명문무가의 제자들을 꺾고 우승과 차승을 차지한 것이다.

그저 운이 좋아서일 리가 없다.

무림은 그렇게 허술한 곳이 아니다. 그만한 실력을 갖추었다는 뜻이다. 그리고 일개 무도관의 문하가 그만한 실력을 갖추었다는 것은 보고서에 적혀 있는 그대로, 소주 거리를 온통 떠들썩하게 하고 있다는 소문 그대로 그들이 익힌 십방청무검법이란 것이 천하사절의 무공이라는 뜻이다.

삼류무공인 십방청무검법이 일류무공을 이길 수 있는 십방청무검법으로 바뀌었다. 두 아이가 그것을 익혀 명문무가의 제자들을 연파하며 우승과 차승을 휩쓸었다.

그것을 가능케 할 만한 사람은 천풍밖에 없었다.

그렇다는 것은 평범한 삼류검법을 일류에게 이길 수 있는 검법으로 바꿔 놓을 수 있는 힘이 천풍에겐 있다는 것이다. 천하사절과 똑같은 힘을 천풍은 분명 가지고 있는 것이다. 그러니 지난날 천풍이 펼쳤던 천류검법은 단지 비급을 우연히 얻어 익힌 것일 리가 없다. 천하사절과는 무관하다 했던 그의 말 또한 사실이 아니다.

이로써 확실해졌다.

천풍은 검절의 능력을 고스란히 물려받은 검절의 전인이 틀림없다.

"그래, 그랬던 거야. 당연히 그래야 하고말고지!"

지난 며칠간 얼마나 노심초사했는지 모른다.

겉으로는 태연한 척했지만 천풍이 천하사절과 정말 아무 관계가 없는 것이면 어쩌나, 그래서 지금껏 세운 모든 계획이 물거품이 되어 버리면 어쩌나 그 걱정에 잠조차 제대로 자지 못했다. 밥을 먹어도 밥이 입으로 들어가는 건지 코로 들어가는 건지도 모를 지경이었다.

그런 차에 그 모든 불안들을 날려 버려 줄 반갑고도 기쁜 소식을 접하게 되었으니 그가 이렇게 들떠 하는 것도 당연했다. 하지만 그런 염장이 조충은 영 못마땅한 표정이었다.

"그래 봤자 아직 아무것도 해결된 것이 없지 않소? 옥면신룡이 스스로 천하사절의 전인이라 시인한 것도 아니고, 옥면신룡을 인정하지 않겠다는 천무구룡들의 뜻은 여전히 완강하기만 하고……. 옥면신룡이 천무구룡을 굴복을 시켜야 일이 진행이 되어도 될 텐데 이래 가지고는 영영 헛세월 아니냔 말이요."

"급할 거 없다. 조짐이 좋아. 추 여협에게 들어 보니 도제 백무강도 떠났다고 하잖아. 무엇보다 생각지도 않은 데서 천하사절이 새삼 주목을 받고 있어. 그 많은 사람들이 보는 앞에서 어린 꼬맹이들마저도 천하사절의 무공으로 비무대회를 휩쓸었다는 건 그 파급효과가 천무구룡들의 등장 때와는 또 다르단 말이야."

나도 천하사절의 비급만 있으면…….

천하사절의 비급만 얻을 수 있다면 나도…….

"천하사절에 대한 환상이 훨씬 더 커진 것은 물론이고 그 환상이 이제는 보다 더 구체적이고 보다 더 현실적인 것이 되어 버린 거야. 먼 세계, 남의 이야기로만 생각했던 것이 이제는 자신에게도 얼마든지 일어날 수 있는 행운으로 생각들 하게 되었다는 말이다. 이곳에 모인 무림인들 중 소속이 분명한 자가 몇이나 될 것 같으냐? 절반? 아니면 삼 분의 일? 그 외에는 전부 사문이 없거나 사문을 버렸거나 사문이라 할 수도 없는 곳에 몸을 의탁한 자들일 것이다. 그리고 우리가 개파를 선언하는 순간 그들 대부분이 천하사절의 이름을 좇아 주저 없이 새 문파로 발을 들여놓을 것이고. 그게 뭘 뜻하는지 알겠느냐? 비록 질적인 면에서는 부족할지라도, 무림사 초유의 거대문파가 탄생될 수도 있다는 말이다!"

천풍이 천하사절과의 관계를 부인한 이후 줄곧 꺼져 있

던 불씨였다. 하지만 지금 염장의 눈은 다시 뜨거운 열정과 가슴 벅찬 희망으로 활활 타오르고 있었다.

"하늘이 우리를 돕고 있는 거지. 이런데 무얼 걱정하겠느냐. 필경 천무구룡들의 마음을 움직일 계기가 마련될 게다. 혹여 그렇지 않다고 해도 천하사절의 전인인 것만 분명하다면 방법이야 찾으면 되고 기회는 만들면 돼."

염장의 호언장담에도 조충의 못마땅한 얼굴은 나아지지 않았다.

"지금 너무 흥분해 있는 거 아니요?"

"뭐가?"

"아무 대책 없이 이렇게 낙관적이기만 한 건 전혀 형님답지가 않아서 하는 말이요. 더구나 그리 낙관적인 상황도 아니잖소?"

"괜찮다니까. 아직 시간은 열흘이나 남았어."

"열흘이나 남은 게 아니라 열흘밖에 안 남은 거죠."

"정 걱정되면 그럼 네놈이 한번 해보든가."

"뭘 말이요?"

"네놈이 한번 상황을 만들어 보란 말이야. 그런 건 네놈이 전문이잖아."

"대체 무슨 상황을 어떻게 만들어 보란 거요? 내가 전문이라는 건 또 뭐고?"

"사람들 선동하는 거, 사람들 선동해서 싸움 붙이는 거,

그 분야에서 네놈만큼 탁월한 재능을 발휘하는 자를 내 일찍이 본 적이 없다."

"그러니까 나더러 협잡질이나 하라 이거요?"

"흥정은 붙이고 싸움은 말리랬지만, 흥정이 되지 않으니 싸움이라도 붙여야지. 그분이 직접 나서준다면야 더 바랄 게 없겠지만 돌아가는 상황을 보아하니 그건 무리일 것 같고, 어쩌겠어? 천무구룡이라도 움직이는 수밖에."

즉흥적인 생각이 아니다.

대책 없이 만사태평일 위인도 아니다.

진작부터 그를 염두에 두고 이 같은 계획을 짜두었던 것이 틀림없다.

허나,

"난 싫소."

조충이 보기엔 전혀 바람직한 계획이 아니었다.

"왜 싫어?"

"사람이 사람 마음을 움직인다는 게 어디 쉬운 일이요? 그것도 고작 열흘 안에 아홉 명이나 되는 사람의 마음을 움직여야 하는데? 형님 말씀마따나 내가 워낙에 인품이 탁월하다 보니 소싯적에 시전에서 제법 말발 좀 세운 것은 맞소만, 그거야 어디까지나 시전에서나 통했던 거지 무림인들을 상대로 씨알이나 먹히겠냔 말이오. 게다가 천무구룡이 어디 보통 인물들이요? 주야장천 무공만 들입다 파

댄 무림사세의 무공바보들이라면 차라리 낫지, 밑바닥에서 산전수전 다 겪어 본 작자들 마음 움직이는 게 그게 어디 말처럼 쉬운 일이겠냔 말이오. 난 자신 없소. 자칫 실패라도 하는 날에는 지금까지 준비한 모든 것이 한순간에 물거품이 될 수도 있는 일인데, 그런 중차대한 일을 아무런 자신도 계획도 없이 어찌 무작정 맡소? 나중에 그 원망을 두고두고 어찌 다 들으라고?"

상단의 발족식 날, 들뜬 마음에 주정 좀 부렸다고 지금껏 술 한 모금 못 마시게 하는 양반이다. 뒤끝이 얼마나 지저분한지 그 일로 지난 십 년을 사골 우려먹듯 우려먹으며 사람 염장을 질러대기 일쑤였다.

괜히 나섰다가 일이 틀어지기라도 하면 죄다 자신에게 뒤집어씌울 게 뻔했다.

발족식 날의 어두운 그림자를 이제야 겨우 벗겨내려 하고 있는데, 다시 십 년을 구박데기 신세가 될지도 모르는 일에 나서고 싶은 마음은 전혀 없었다.

하지만 염장은 조충을 너무도 잘 알고 있었다. 이 같은 반응 또한 충분히 예상했던 일이었고 그런 조충의 마음을 돌려먹게 할 방법도 잘 알고 있었다.

"이번만큼은 술을 허락해 줄 생각이었는데도?"

염장이 툭 던지듯 내뱉은 말은 조충의 귀를 솔깃하게 하기에 충분한 힘을 갖고 있었다.

조충의 눈빛이 그 어느 때보다도 강렬하게 빛났다.

"그거 진심으로 하는 말씀이요?"

"물론 진심이지. 네놈의 협잡질이 최고로 빛을 발할 때는 술판이 벌어졌을 때이기도 하니까."

지난 십 년의 금주령, 죽을 만큼 힘들었던 그 시간들……. 그는 술을 끊은 게 아니었다. 십 년을 금주해 오며 깨달은 것은 술은 절대로 끊을 수가 없다는 것이었다.

그저 참는 거였다.

참고 또 참고 그렇게 버텨온 세월이었다.

술에 대한 목마름과 그리움으로 아직까지도 술을 마시는 꿈을 자주 꾸는 조충이다. 그런 그에게 염장이 던진 미끼는 뿌리칠 수 없는 유혹이었다. 하지만 그 역시 산전수전 다 겪은 노련한 장사꾼이었다. 눈앞의 미끼가 아무리 탐스럽다고 해도 그것을 무턱대고 덥석 잡아챌 만큼 순진하진 않았다.

"이번만큼이라 하셨는데 그 범위가 정확히 어떻게 되는 거요?"

"그야 네 협잡질이 성공했을 때까지지."

"겨우 그거요?"

"겨우? 네놈이 원하기만 한다면 열흘 동안 줄창 술판을 벌일 수가 있는데도?"

"열흘이라고 해봐야 긴 인생으로 보면 찰나에 지나지 않잖소. 그 열흘 때문에 남은 인생을 다시 고통과 인내로 보내라고요? 지난 십 년보다도 더 괴로울 게 뻔한데?"

"그럼 어쩌라는 거냐?"

"'이번만큼'을 빼주시오. 솔직히 다시 술을 입에 대게 되면 나 못 끊소. 그럴 바에야 차라리 안 마시는 게 낫지. 이왕 마시게 할 거면 쪼잔하게 단서 붙이지 말고 화통하게 금주령 풀어주시오. 그리만 해주신다면……."

"그리만 해준다면?"

"이번 임무, 내 신명을 다 바쳐서 반드시 완수해 보이겠소."

상대의 약점을 파고들어 상대가 거부할 수 없는 조건을 내건다. 그리해 내가 원하는 것을 얻어낸다.

"네놈도 이제 제법 장사치 티가 나는군."

좀처럼 듣기 힘든 염장의 칭찬에 조충이 득의의 눈빛을 했다.

"허나, 금주를 풀었다가 다시 전과 같은 사태가 벌어진다면, 그리해 상단이 다시 그 같은 위험에 처하게 된다면 어찌하고?"

"그땐 금주는 물론이고 내 이 한 손을 내놓겠소!"

조충이 자신의 오른손을 들어 보였다. 득의의 눈빛은 결연함으로 바뀌어 있었다.

각오가 굳건한 것이 믿음직해 보이긴 했지만 고작 술 때문에 저런 각오까지 해 보이는 조충이 한심하게도 보이고 무식하게도 보이는 염장이다.

"뭐, 좋아. 네놈이 그렇게까지 마음을 먹고 있다면 내 한 번 믿어 보도록 하지. 천무구룡을 움직이는 데 성공만 한다면 금주령, 없던 것으로 하자고."

그렇게 협상은 이루어졌다.

"좋소, 좋아! 우흐흐흐! 나중에 딴소리나 하지 마시오!"

염장에게는 한심하게도 보이고 무식하게도 보였지만, 어쨌거나 그 어느 때보다도 의욕이 충만한 조충이었다.

그렇게 조충이 의욕에 불타올라 있던 그 시각까지도 대회장은 여전히 뜨거운 열기에 휩싸여 시끌벅적했다.

천풍은 그러한 소란을 피해 대회장을 빠져나왔다. 워낙에 들뜬 분위기이기도 했거니와 그 많은 사람들이 벌떼처럼 몰려들어 청무도장을 에워싸는 통에 그 속에 끼어 있기가 민망하고 불편했다.

그래서 도망치듯 빠져나온 것인데, 막상 대회장을 벗어나고 보니 사우와 상무에게 제대로 축하 인사도 해주지 못한 것이 마음에 걸렸다. 그런 한편으로 뜨거운 열기 속에 치러진 사우와 상무의 결전이 떠오르면 여전히 가슴 한 구석이 뭉클해지기도 했다.

치열한 공방 끝에 사우는 이겼고 상무는 패했다.

'녀석, 그렇게까지 분해하지 않아도 되는 것인데……'

비무에서 패한 상무가 도저히 결과에 승복 못하겠는지, 잠시 방심했던 것뿐이라는 둥, 다시 한 판 더 하자는 둥 억지떼를 써댔다. 꼴사납다면 꼴사납고 추하다면 추한 행태였다. 일반적인 비무였다면 비난이 퍼부어졌겠지만 이 역시 아이들의 비무에서나 볼 수 있는 진풍경인지라 오히려 재밌어들 했다.

덕분에 대회장 안에 팽배했던 충격과 긴장은 한결 누그러졌고 그것은 다시금 축제 분위기를 되살리는 효과로까지 이어졌다. 그래서 지금 저토록 거리낌 없이 환호하고 사심 없이 열광하고 있는 것이다.

'그나저나 참 별난 사람이란 말이야.'

대회장에서 상당히 멀어졌는데도 유독 쩌렁쩌렁한 목소리 하나.

"우하하하하! 돈방석이구나! 돈방석이야! 우하하하하하하!"

대회가 끝나고 지금까지 줄곧 미친 사람처럼 웃어대고 있는 저 목소리의 주인은 다름 아닌 관여락이었다.

다섯 배의 배당이라 했다. 원금이 오백 냥이었으니 무려 이천 냥을 더 벌게 된 셈이다. 그야말로 돈방석에 앉게 되었으니 저토록 좋아하는 것도 무리가 아니었지만 저 시끄러운 목청도, 지나칠 만큼 유쾌하고 거칠 것 없는 그 성정도 천풍에겐 상당히 부담스러운 것이었다. 이렇듯 서둘러 대회장을 빠져나온 데에는 사실 관여락도 한몫을 했다.

어쨌거나 대회장을 빠져나온 천풍은 그길로 곧장 자신의 처소로 향했다. 당연하다는 듯이 추도향이 그를 따랐다. 한데, 생각지 못한 방해가 있었다.

"제게 하실 말씀이 있지 않나요?"

대회장을 벗어나 처소로 향하는 그의 앞을 그렇게 막아선 것은 다름 아닌 임설아였다.

그 많은 사람들에 에워싸여서 몸을 빼기도 쉽지 않았을 텐데 언제 이렇듯 그를 기다리고 있었던 것일까?

그것이 놀랍기도 하고 또 느닷없기도 했지만 그녀가 찾아온 이유는 어렵지 않게 짐작할 수 있었다.

사우와 상무의 쾌진격에 감격하고 감동하고, 흥분되는 마음을 감추지 못해 기뻐서 폴짝폴짝 뛰어대던 상아와는 달리 아이들의 비무에 온전히 집중하지 못하던 임설아였다. 그도 그럴 것이 그것은 그녀에게도 감히 상상조차 하지 못했던 일이었기 때문이다.

처음에는 그녀 역시 상아와 다르지 않았다.

분명 같이 놀라기도 하고 흥분도 하고 감동도 했다. 하지만 그것도 한두 번이다. 믿기지 않는 승리가 연이어 계속되자 그녀의 눈에는 어느 순간부터 흥분과 감동이 아니라 의문이 자리 잡기 시작했다. 그리고 그 의문은 고스란히 천풍을 향했다.

모두가 흥분해 있던 그 때, 가득한 의문을 담고 자신을 보던 임설아의 눈을 천풍도 보았다. 그리해 그냥은 넘어가지 않을 거라 짐작은 했다. 다만 이렇게 빨리 찾아올 줄은 미처 생각지 못했던 터라 그것이 잠시 당황스러운 것이다.

"어떻게 된 일인지 말씀해 보시겠어요?"

임설아가 대뜸 그렇게 물었다.

"무얼 말씀하시는지……?"

"사우와 상무에게 가르친 것이 무엇인지 그걸 묻고 있는 거예요."

"그야 십방청무검법이……."

"아뇨. 그건 십방청무검법이 아니었어요."

임설아가 천풍의 말을 자르며 단호히 말했다.

"저조차 깜빡 속을 뻔했어요. 허나, 그것은 분명 십방청무검법이 아니에요."

아무래도 두 아이들이 보여준 검술에서 뭔가 이상함을 눈치챈 모양이었다.

당연한 일이었다. 청무도장의 십방청무검법으로는 지금과 같은 결과는 절대로 일어날 수 없었고 그건 누구보다도 그녀가 가장 잘 알고 있었다.

사실 두 아이가 비무대회에 나가겠다고 했을 때도 그리 탐탁해하지 않았었다. 어린 마음에 자신의 실력을 뽐내고

픈 마음이야 이해를 하지만 일개 무도관의 문하가 실력을 뽐내기에는 무림은 그리 호락호락하지 않았다.

세상이라는 큰 벽 앞에 단 하나의 희망도 얻지 못한 채 좌절하고 무너질 것이 뻔했다. 차라리 그 정도라면 다행이지만 자칫 잘못하면 크게 다칠 수도 있었다.

하지만 아이들의 뜻이 워낙에 완강했다. 차마 그 순간의 호기를 꺾어 버릴 수가 없었다. 그래서 경험이나 쌓아 보라는 의미로 어쩔 수 없이 내보냈던 것인데 놀랍게도 이런 결과가 나와 버린 것이다.

처음 한두 번은 그럴 수도 있다고 생각했다. 상대가 그리 강하지도 않았을뿐더러 아직 불완전한 나이들이다 보니 그 순간 운이 어떻게 작용하는가에 따라서 예상 밖의 결과가 나올 수도 있는 것이라 그리 생각했다. 그러나 그것이 세 번이 되고 네 번이 되자 단순히 어린 나이와 그 순간의 운만으로 치부해 버릴 수가 없었다.

그리고 사우가 우승후보라던 대호문의 사도기를 이겼을 때, 그제야 확실히 알았다. 사우의 검도 상무의 검도 그녀가 가르친 십방청무검법이 아니라는 것을.

그것은 십방청무검법이 아니었다.

십방청무검법은 아니었지만 그럼에도 그녀는 그 검로를 알고 있었다.

"제 기억이 맞다면 두 아이들의 검은, 제가 십방청무검법을 가르쳐 드렸을 때 공자님께서 보여 주셨던 것과 같은 것이에요. 아닌가요?"

십방청무검법임에도 십방청무검법이 아니게 되어 버리던 그 검법, 수십 번 시범을 보이고 수백 번 가르치고 수천 번 설명을 해도 도무지 나아질 기미가 보이지 않아 그 말도 안 되는 재능에 구박을 하다 지쳐서 결국 포기해 버렸던 그때의 기억이 아직도 생생했다.

지금 생각해 보면 스스로가 어찌나 가소로운지 정말이지 쥐구멍에라도 숨고 싶을 만큼 창피하고 낯이 뜨겁지만, 어쨌든 두 아이가 선보인 것은 분명 그날 천풍에게서 보았던 것과 같은 것이었다.

임설아가 이렇게까지 기억을 하고 확신을 하고 있으니 발뺌할 수 있는 일이 아니었다.

천풍이 대답했다.

"제가 아이들에게 검을 가르친 것은 사실입니다만…… 허나, 십방청무검법이 아니라는 관주님의 말씀은 사실이 아닙니다."

"무슨 뜻이죠? 그럼 그게 십방청무검법이 맞다는 건가요?"

"예. 십방청무검법이 맞습니다. 물론 조금 다르긴 합니다만……."

"십방청무검법이긴 한데 조금 다르다? 어떻게 다르다는

거죠? 다른데 어째서 십방청무검법이라는 거죠?"

천풍은 선뜻 대답하지 못했다. 어떻게 설명을 해야 할지 적당한 말이 생각나지 않았다.

천풍이 대답을 미적거리자 일부러 숨기는 거라 판단을 했는지 임설아가 단호한 목소리로 으름장을 놓았다.

"이 일은 허술히 넘어갈 일이 아니에요. 비록 청무도장이 일개 무도관이긴 하나 엄연히 무림의 법도 아래에서 문호를 열었어요. 그 문하가 허락 없이 청무도장의 검법이 아닌 다른 것을 익혔다면 이는 또한 명백히 사문을 기만한 행위예요. 경우에 따라서는 두 아이를 청무도장에서 내치게 될 수도 있다는 말이에요. 그러니 두 아이를 위해서라도 그것이 어째서 십방청무검법인 건지 명확히 밝혀주셔야 돼요."

두 아이에게 피해가 갈 수도 있다 하는데 입을 다물고 있을 수만은 없는 일이다. 천풍이 곰곰이 생각 끝에 입을 열었다.

"제가 아이들에게 가르친 십방청무검법이 관주님께서 가르친 것과 다른 것은 사실입니다. 하지만 그것이 청무도장의 것과 다르다고는 할 수 없습니다."

"제가 가르친 것과는 다르지만 청무도장의 것과는 같은 거라구요? 허면, 제가 청무도장의 십방청무검법을 잘못 가르치고 있기라도 하다는 말씀이신가요?"

"그런 뜻이 아닙니다. 전에 관주님께서 그러셨죠. 십방청무검법을 만든 분은 관주님의 칠대조(七代祖) 되시는 분이라고."

"그래서요?"

"그분께서 처음 뜻을 세워 십방청무검법을 만드셨을 때, 그분이 보고 있었던 것, 그분이 만들고자 했던 것, 그분이 마음으로 그렸던 십방청무검법은 분명 지금과는 다른 것이었을 겁니다."

"……?"

"적어도 그분이 마음에 품었던 십방청무검법은 완전하고 완벽한 것이었을 겁니다. 허나 아무리 뛰어난 화공도 마음으로 그린 그림을 붓으로 온전히 다 그려낼 수는 없는 것처럼 십방청무검법도 그랬을 겁니다. 그래서 지금처럼 불완전한 것이 되었을 테구요. 제가 아이들에게 가르친 것은 관주님의 칠대조께서 마음에 품었던 그 완전하고 완벽한 십방청무검법입니다. 그래서 관주님께서 가르친 것과는 다르지만 청무도장의 십방청무검법임에는 틀림이 없다 한 것입니다."

"완전하고 완벽한 십방청무검법이라니…… 그게 가능한 일이란 말인가요? 제가 아무리 견문이 일천하다지만 완벽한 무공이란 거, 그런 게 존재한다는 말은 들어 본 적도 없어요."

"하지만 사실입니다. 적어도 제 눈에는 그렇게 보입니다."

"어떻게 그럴 수가 있죠? 설혹 완벽한 무공이란 것이 있고 십방청무검법에도 그런 것이 존재한다고 해도 저도 모르는 것을 어떻게 공자님께서 알고 계시는 거죠?"

천풍은 대답하지 않았다. 임설아가 정작 듣고 싶어 하는 것은 그것이 아님을 느꼈기 때문이었다.

임설아가 길게 숨을 들이켜 호흡을 가다듬었다. 그런 그녀의 표정은 지금까지와는 사뭇 달랐다. 천풍을 보는 눈빛도 한층 더 강렬해졌다.

이윽고 그녀는 그녀가 정말로 하고 싶었던 말, 정말로 알고 싶었던 것을 물었다.

"공자님은 옥면신룡이신가요?"

"……!"

"완전하고 완벽한 십방청무검법이라 하셨던 것…… 그것이 혹시 천하사절의 무공은 아닌가요?"

임설아도 옥면신룡에 대한 소문은 들었다.

그녀도 취옥선이 아는 만큼은 천풍에 대해 알고 있었다. 그래서 취옥선이 그랬던 것처럼 옥면신룡에 대한 소문을 듣고 그 순간 천풍을 떠올린 것은 자연스러운 일이었다.

하지만 믿지 않았다.

믿을 수 없었다.

지난 반년을 한 지붕 아래서 동고동락해온 사람이다. 아무리 뭔가 숨겨진 내력이 있다 하더라도 천하사절의 전인이라는 건 도무지 현실감이 생기지 않았다. 그래서 까마득히 잊어버리고 있었다. 사우가 대호문의 제자를 간단히 제압해 버리기 전까지는 그랬다.

사우가 대호문의 제자를 제압한 그 순간, 어쩔 수 없이 옥면신룡의 이름을 다시 떠올려야 했고 그 후 계속되는 승승장구에 더는 현실을 부정할 수만은 없게 되었다. 천풍에 대해 알지 못하는 사람들조차 두 아이를 보고는 천하사절을 들먹이고 있지 않은가.

그리해 이제는 부정도 의심도 아닌 확신이었다.

'이거 참…….'

천풍은 곤란한 얼굴을 했다.

간단히 대답할 수가 없었다. 이미 예상했던 질문이었고 그래서 당황스럽지는 않았지만 사실을 임설아에게 알리는 것이 과연 잘하는 일인지 선뜻 판단이 서지 않았다.

천풍이 머뭇거리는 동안 임설아의 시선은 천풍에게서 찰나간도 떨어지지 않고 있었다. 기다림도 기다림이지만 조금의 숨김도 속임도 용납지 않겠다는 결연한 의지가 고스란히 전해져 왔다.

생각해 보면 이 같은 곤란이 처음이 아니었다.

이 같은 질문도 처음이 아니었다.

며칠 전 추도향에게서 지금과 똑같은 질문을 받았었다.

사람을 두고 경중을 따질 수는 없지만 인연의 깊이를 두고 경중을 따지자면 저울추는 너무도 간단히 임설아에게로 기울어진다. 추도향에게 밝힌 것을 임설아에게 숨긴다는 것은 도리도 의리도 아니다.

아니, 그런 단순 비교가 아니더라도 그간 가족처럼 지내온 사람에게 거짓말을 하고 싶지는 않았다. 그리해 천풍은 많은 고민과 갈등 끝에 어지러운 마음을 털어내고 입을 열었다.

"저는 옥면신룡이 아닙니다."

"……."

믿지 못하겠다는 눈치다.

천풍이 재차 말했다.

"거짓이 아닙니다. 저는 옥면신룡이 아닙니다. 허나…… 저는 옥면신룡이 아니지만 아이들이 익힌 것은 천하사절의 무공이 맞습니다."

"그게 대체…… 무슨 말씀이시죠?"

임설아가 이해를 못하겠다는 듯 미간을 찌푸렸다.

이렇게까지 된 마당에 더 무엇을 숨기고 무엇을 감추겠는가.

임설아의 눈을 똑바로 마주한 천풍은 추도향에게 했던 말을 토씨 하나 바꾸지 않고 그대로 대답했다.

"그러니까 제가 바로 천하사절이라는 말씀입니다."

천풍은 어떻게 반응을 해야 할지 몰라 눈만 동그랗게 뜨고 있는 임설아를 내버려 두고 멈췄던 걸음을 다시 옮겼다.

"아예 동네방네 다 떠들고 다닐 생각이신가 보죠?"

추도향이 비꼬듯 그렇게 말을 던져온 것은 임설아가 시야에서 완전히 보이지 않게 되었을 무렵이었다.

천풍이 무슨 뜻이냐는 표정으로 추도향을 보았다.

추도향이 다시 비꼬듯 물었다.

"아무에게나 다 떠벌리고 다닐 만큼 천하사절의 이름이 가벼운 것은 아닐 텐데요?"

비꼬는 것도 비꼬는 거지만 추도향의 목소리에는 왠지 모를 불쾌감이 깃들어 있었다.

임설아에게 자신의 정체를 밝힌 것이 왜 그녀가 기분 나빠 할 일인 건지 모르겠다. 게다가 비꼬는 말투도 귀에 거슬렸다. 그래서 그 역시 조금은 날이 선 목소리로 대꾸했다.

"동네방네 다 떠들고 다닐 생각은 없습니다. 천하사절의 이름이 가볍다 생각하지도 않고요. 무엇보다 임 관주님은 제게 있어 아무나가 아니십니다. 오히려 제게 있어 아무나에 가까운 쪽은 임 관주님이 아니라……."

말을 하다 보니 도가 지나친 듯했다. 그래서 차마 말을 맺지 못하고 뒷말을 흐리는데 추도향이 대뜸 그 말을 받았다.

"아무나에 가까운 쪽은 오히려 저라는 거군요?"

"……."

"그러니까 동네방네인 쪽도 제가 되는 거구요?"

왠지 면사 너머의 눈빛이 따갑다.

"하긴, 그도 그러네요. 어차피 칼 한번 맞대고 나면 다시 볼 일도 없는 사이니 아무나인 쪽은 당연히 제 쪽이겠죠. 그러고 보면 아무나인 주제에 너무 큰 비밀을 알고 있는 셈이네요. 당연히 걱정도 되시겠죠. 하지만 그런 걱정이라면 않으셔도 돼요. 제가 관심이 있는 것은 천하사절의 정체가 아니라 천하사절의 실력이니까. 이는 제 스승님 또한 마찬가지구요. 그러니 당신의 정체가 제 입을 통해서 세상에 흘러나갈 일은 절대로 없을 거예요."

차분한 목소리인데도 찬바람이 분다.

"아니면 아무나인 주제에 친한 척 옆에 착 달라붙어 있으니 귀찮고 못마땅하신가요? 그래도 어쩌겠어요? 저는 반드시 천하사절의 실력을 알아야겠는걸. 정히 귀찮고 못마땅하시겠거든 하루 속히 제게 한 수 가르침을 베풀어 주시든가요. 그러면 이 '아무나'는 그 즉시 군말 없이 사라져 드릴 테니까."

화가 나도 단단히 난 것이 틀림없었다.

천풍은 자신의 말이 이렇게까지 추도향의 심기를 건드리게 될 줄은 미처 몰랐던 터라 적잖이 당황했다.

'내가 조금 심했나?'

하긴, 생판 남이라 해도 면전에 대고 아무나라고 들어서 기분 좋을 사람은 없을 것인데, 지난 며칠 붙어 지내며 그래도 정을 쌓았다면 쌓은 사이에 그런 말을 들었으니 화가 날 만도 했다.

"저기, 제가……."

괜히 아녀자를 상대로 속 좁게 군 듯해서 사과의 말이라도 전하려 했다. 하지만 그가 뭐라 말을 꺼내기도 전에 획하니 몸을 돌려 버리는 추도향이다.

"아무나인 주제에 감히 귀하신 시간을 뺏고 있는 것도 송구스러우니 이 '아무나' 는 이만 물러가 드리도록 하죠."

그러고는 어둠 속으로 휑하니 사라져 버렸다.

그렇게 홀로 덩그러니 남게 된 천풍은 괜스레 머쓱해져서 뒷머리를 긁적였다. 그런 한편으로 조금은 억울한 생각도 들었다.

"아무리 그래도 모욕감을 줄 정도로 말을 하진 않았던 것 같은데…… 추 소저더러 내 입으로 직접 아무나라고 하지도 않았고……."

혼자 짜증내고 혼자 화내고……. 따지고 보면 애초에 비꼬는 말투로 사람 성질 먼저 건드린 것도 추도향이다.
"대체 뭐가 그리 못마땅했던 건지……."

제 6 장

도진이 보고 있는 것은?

어쨌거나 그렇게 다사다난했던 하루가 가고 다음날의 아침이 밝았다.

천풍은 날이 밝자마자 지체하지 않고 대회장으로 나왔다.

대회장의 분위기는 어제와는 또 달랐다.

어제보다도 더 많은 사람들이 몰려든 것도 그렇고 그럼에도 어제와는 달리 마냥 즐거워만 하지 않는 것도 그랬다.

들뜨고 흥분해 있는 중에도 어딘가 엄숙하고 어딘가 긴장감이 흘렀다. 그것은 여덟 개의 비무대를 중심으로 한 자리씩을 차지한 채 원을 그리듯 빙 둘러싸고 있는 일단의 무리들에게서 비롯되고 있었다.

어떤 무리는 그 앞에 현판을 놓아두기도 했고 어떤 무리는 깃발을 세우기도 했다.

참가자들의 응원 인파로 보였는데 비무대 가장 가까이에 자리를 차지한 것도 그렇고 범상치 않아 보이는 면면들도 그렇고, 이름깨나 있는 명문무가의 사람들인 것 같았다. 한데, 그 중에는 놀랍게도 청무도장이 당당히 한 자리를 차지하고 있었다. 아니, 한 자리를 차지한 정도가 아니라 명문무가들 속에서도 단연 돋보였다. 어제의 충격과 흥분이 고스란히 이어져 대회장 안 모두의 시선이 청무도장을 향하고 있었던 것이다.

어떤 이들은 눈치껏 흘깃거리기도 하고 어떤 이들은 아주 뚫어져라 쳐다보기도 한다. 대회장 곳곳에선 아직도 어제의 일이 화제가 되어 열띤 토론이 벌어지고 있기도 했다. 그리고 그러한 관심들을 의식했는지 사우와 상무가 어깨에 힘을 잔뜩 주고 의젓하게, 또한 당당하고 오만하게 청무도장의 앞을 지키고 있었다.

어찌 된 상황인지는 금세 파악이 되었다.

청무도장에 대해 불거지기 시작한 이러저러한 소문들은 그 역시 들어 알고 있었다. 두 아이가 천하사절의 비급을 얻은 것이 아니냐는 추측부터 이제는 그것을 기정사실화

해서 농담 반 진담 반으로 천무십일룡이라 공공연히 불러대는 사람들도 있었다.

명문무가들과 당당히 어깨를 나란히 하고 있는 것도, 부러워하고 신기해하는 시선들 속에서 아이들이 우쭐해 있는 것도 그 같은 이유에서였다.

'어제는 마치 하늘이 무너지기라도 한 것처럼 굴더니……'

사우에게 패배한 후 자살이라도 할 듯이 좌절해 있던 상무였다. 그야말로 패잔병이나 다름없던 얼굴이 하룻밤 사이 개선장군이라도 된 듯한 얼굴로 바뀌어 있었다.

그것 외에는 어제와 같았다.

뭔가 할 말이 잔뜩 있는 듯한 눈빛인데도 정작 한 마디 말도 건네 오지 않는 임설아의 태도도 그랬고 어느새 그의 곁에 바짝 붙어서 그림자 행세를 하고 있는 추도향도 그랬다.

관여락과 상아도 여전했다. 어제와 마찬가지로 뭔가로 티격태격대며 한창 열을 올리는 모습이었다.

'오늘은 또 무슨 일로 저러지?'

천풍이 다가가자 상아가 속상해 죽겠다는 표정을 하고는 쪼르르 달려왔다

"천풍 아저씨, 저 미친 아저씨 정신 차리게 좀 패주면 안 돼요?"

"……?"

"이대로 두면 이 미친 아저씨 정말 인생 낙오자가 될 게 뻔해요. 그러니까 정신 좀 번쩍 들게 천풍 아저씨가 좀 패 줘요."

상아의 갑작스럽다 못해 황당한 요구에 천풍이 어리둥절한 눈으로 관여락과 상아를 번갈아 보았다.

"대체 무슨 일인데……?"

"아, 글쎄 이 미친 아저씨가 어제 딴 돈을 결국 자기한테 전부 다 걸어 버렸다지 뭐예요!"

"어제 딴 돈이라면…… 이천오백 냥을?"

"그렇다니까요. 그 돈을 전부 자기한테 다 걸어 버린 거예요! 미쳐도 그냥 미친 게 아니에요. 도박 귀신이 씐 게 분명해요. 도박 귀신을 쫓아내려면 눈물 쏙 빠지도록 매질을 해야 한다고 우리 언니가 그랬어요. 그러니까 천풍 아저씨가 이 미친 아저씨한테 들러붙어 있는 도박 귀신 좀 내쫓아줘요."

천풍이 어이없다는 눈으로 관여락을 보자 관여락이 심히 억울하다는 듯 손을 내저었다.

"거참…… 미친 것도, 도박 귀신이 들린 것도 아니라니까 그러네. 확실한 곳에 투자를 한 것뿐이라고. 단번에 스무 배가 넘는 차익이 생기는데 그런 데다 돈을 투자하지 않으면 어디에다 하겠어?"

"그러니까 아저씨가 미쳤다는 거죠. 비무대회 우승이 그렇게 만만할 것 같아요? 들어 보니까 구대문파 제자들까지 참가를 한다던데, 아저씨가 그렇게 대단한 사람들을 어떻게 이겨요?"

"꼬마 아가씨는 정말 나를 너무 띄엄띄엄 보는 경향이 있단 말이야. 나 그렇게 호락호락한 실력 아니거든? 말이 나왔으니 말이지만 이래 봬도 지금껏 패배란 걸 모르고 살아온 몸이라 이거야."

"그거야 약해빠진 사람들만 상대해서 그랬겠죠. 비무대회에 참가하는 건 그런 어중이떠중이가 아니라 진짜 무림인이라구요. 아저씨가 진짜 무림인들을 상대로 한 번이라도 이길 수 있을 것 같아요? 이천오백 냥이 뉘 집 개 이름도 아니고, 아저씨야말로 세상을 너무 호락호락하게 보는 것 아니냔 말이에요. 그런 데다 쓸모없이 내다 버릴 돈이면 차라리 그 돈으로 불우이웃돕기나 하란 말이에요!"

둘의 실랑이는 그로부터 한참 더 이어졌다. 어느 순간부터는 천풍의 존재조차 까마득히 잊어버리고 악다구니를 쓰다시피 하며 열을 올렸다. 한 치의 양보도 없이 팽팽하게 이어지던 실랑이가 돌연 멈춘 것은 대회장 한 편에 오늘의 대진표가 나붙은 직후였다.

"좋아요. 한번 보자구요. 과연 아저씨한테 세상의 뜨거운 맛을 보여줄 고수가 누군지, 그 사람들의 면면을 보고도 자신만만해할 수 있는지 한 번 확인해 보자구요."

상아가 대진표가 붙여진 곳으로 관여락을 잡아끌었다. 한데, 상아의 손에 끌려가던 관여락이 천풍에게 던지듯 툭 물었다.

"사우와 상무 말입니다. 그 아이들을 가르친 것이 형씨라면서요?"

"……!"

"뭐, 그렇게 경계할 건 없습니다. 그저 기회가 되면 나도 한번 가르침을 청하고 싶어서 말입니다."

관여락의 말은 그것으로 끝이었다. 그 말을 끝으로 상아와 함께 대진표가 붙은 곳으로 쌩하니 가 버렸다. 하지만 그가 남겨놓고 간 의미심장한 미소와 묘한 눈빛이 천풍을 혼란스럽게 했다.

관여락 역시 두 아이의 무공이 천하사절의 무공일 거라는 소문은 들어 알고 있을 것이다. 그렇다는 것은 두 아이를 가르친 천풍 또한 천하사절과 관계가 있음을 짐작하고 있다는 뜻이다. 어쩌면 임설아가 그랬던 것처럼 천풍을 옥면신룡이라 오해하고 있는지도 몰랐다.

'그래서 자신에게도 천하사절의 무공을 가르쳐 달라는 것인가?'

천풍은 고개를 저었다.

관여락이 남기고 간 미소와 눈빛은 그렇게 단순한 것이

아니었다. 그보다 훨씬 더 의미심장하고 그보다 훨씬 더 묘했다.

훨씬 더 의미심장하고 묘해서 그 속내를 도무지 짐작할 수가 없다.

'분명 내게 달리 하고 싶은 말이 있는 것 같았는데…….'

하지만 관여락에 대한 생각은 그 이상 이어지지 못했다.

어수선하고 소란스럽던 대회장 안이 그 순간 갑작스레 조용해졌기 때문이었다.

쿵쾅쿵쾅!

모든 잡소리가 사라진 그 사이로 육중한 발자국 소리가 지축을 울렸다.

비무대 위였다. 육중한 발자국 소리만큼이나 육중한 체구를 가진 사내가 비무대 위에 올라 이마의 땀을 쓸어내린다.

천풍도 익히 아는 사람이었다.

육중한 체구의 사내는 다름 아닌 조충이었다.

한데, 평상시와는 다른 모습이었다. 불그스름하게 달아올라 딸기코가 되어 있는 콧잔등하며, 눈은 게슴츠레했고 입꼬리는 기분 좋게 말아 올라가 있다.

'아침부터 술이라도 한 잔 하셨나?'

천풍의 짐작은 틀렸다. 워낙에 말술이라 크게 흐트러진

모습을 보이지 않는다 뿐이지, 아침부터 마신 게 아니라 사실은 막중한 임무를 띠고 천무구룡들과 더불어 밤새 마신 거였다. 덕분에 단 하루 만에 천무구룡들과는 벌써 호형호제하며 격의 없이 지내는 사이가 되어 있었으니, 그런 것을 보면 염장의 말대로 술을 매개로 한 친화력은 가히 타의 추종을 불허한다 할 수 있겠다.

잠시 대회장 안을 훑어보던 조충이 자세를 바로 하고 포권을 취해 보였다.

"어제 개회식에서도 인사를 드렸지만, 소인 염가상단의 부단주 조충입니다! 오늘 이 자리를 빛내주시기 위해 먼 길 마다 않으시고 달려와 주신 여러 강호제현들께 먼저 감사의 말씀을 드리는 바입니다!"

목소리가 어찌나 크고 우렁찬지 그 넓은 대회장 안이 쩌렁쩌렁 울렸다.

"사실 이런 인사 말씀조차 거추장스러워하실 거란 거 잘 알고 있습니다. 한시 바삐 멋진 비무를 보고 싶어 하시는 마음 또한 너무도 잘 알고 있습니다. 저도 시시콜콜 떠들어대고 싶진 않습니다만 어쨌거나 첫날이고, 형식적인 것에 불과하더라도 반드시 짚고 넘어가야 할 것이 있기에 이렇게 여러분들 앞에 섰습니다. 먼저 비무대회의 규칙을 알려드리겠습니다. 첫째, 어떠한 경우에도 상대를 죽여서는 안 됩니다. 상대가 죽으면 그 순간 부전패로 처리됩니다.

크게 상하게 해서도 안 됩니다. 정도에 따라서 이 또한 부전패로 실격 처리될 수 있습니다."

조충의 설명은 스스로가 말한 대로 시시콜콜하다 싶을 만큼 장황하게 이어졌다. 처음에는 귀를 쫑긋 세우고 진지하게 경청하던 사람들의 얼굴에 차츰 지루한 기색이 떠오르더니 그것은 이내 하품이 되고 잡담이 된다.

그러나 천풍은 그러한 반응들과는 조금 달랐다.

처음 경험해 보는 비무대회라서 그런지 모든 것이 신선했다.

조충이 장황하게 늘어놓고 있는 비무대회의 규칙이란 것도 신기하기만 했다. 그리해 규칙이란 것만 무려 반 시진이 넘도록 설명이 이어지는데도 지루한 줄 몰랐다.

조충의 장황한 설명이 일단락된 것은 그즈음이었다.

"그럼 끝으로 오늘의 비무대회에 공증인이 되어주실 분들을 소개해 올리겠습니다. 귀찮고 번거로우실 텐데도 저희의 부탁에 흔쾌히 오늘의 공증인이 되어주시기로 하신 분들입니다."

조충이 비무대 뒤 단상 위를 손으로 가리켰다. 거기에는 정확히 열세 개의 의자가 있었다. 하지만 그 중 자리가 채워진 곳은 고작 네 곳뿐이었다.

한데, 그 네 곳의 주인들은 하나같이 풍기는 기운이 예사롭지 않았다. 좌중을 아우르는 눈빛은 압도적이라 할 만큼 위압감이 흘러 넘쳤다.

그들 중 특히나 천풍의 눈길을 사로잡은 것은 왼쪽 끝자리에 앉은 사람이었다.

우선 젊었다. 백발까지는 아니더라도 다들 머리가 희끗한 초로의 노인인 데 반해 유독 그 사람만은 많이 봐줘도 서른이 채 되어 보이지 않았다.

또 하나 천풍의 눈길을 사로잡은 이유는 그자의 복색이었다.

낯이 익었다.

'그분이 입었던 것과 비슷하긴 한데……'

천풍이 떠올린 것은 금천우였다.

오래되어 기억이 가물가물하긴 하지만 가슴에 적힌 검(劍)이라는 글자 문양도 그렇고, 활동성이 편하게 양쪽 소매를 묶고 있는 다섯 줄의 황금색 끈도 그랬다.

'그러고 보니 그분과 분위기도 비슷해 보이고……'

금천우를 처음 만났을 때 부처님을 향해 시비라도 거는 듯했던 그때의 오만했던 눈빛과 지금 좌중을 내려다보는 사내의 눈빛은 무척이나 닮아 있었다.

천풍이 그렇게 사내에 대해서 궁금해하고 있을 때, 조충이 오른쪽부터 한 명 한 명 소개를 했다.

"먼저 화산파 장로이신 유한검(有恨劍) 관사홍(關思弘) 대협이십니다."

초로의 노인이 정중히 포권을 취해 보이자 여기저기서 함성이 터져 나왔다.

어떤 이는 환호했고 어떤 이는 박수로 답했다. 개중에는 분위기에 휩쓸려 너무 흥분한 나머지 '유한검 관사홍 대협 만세!' 를 외치는 자도 있었다.

형식적인 반응이 아니었다. 어디까지나 열렬한 환호였고 뜨거운 박수갈채였다. 화산파 장로 정도 되는 무림의 명숙이라면 쉽게 만나 볼 수도 없을뿐더러 그만한 환대를 받기에 충분한 위치이기도 했다.

다음으로 소개된 자는 청성파의 장로였고 그 다음은 아미파의 여승(女僧)이었다. 그들에게도 역시 유한검 관사홍에 못지않은 환호가 이어졌다. 그리고 천풍이 궁금해하던 사내의 차례가 왔다.

"그리고 마지막으로 여기 이분은, 검문의 대공자이신 검치랑군(劍峙郎君) 검무악(劍武岳) 대협이십니다."

순간 천풍은 저도 모르게,

"아!"

감탄성을 토했다.

'어쩐지 복색도 그렇고 눈빛도 그렇고, 그분과 비슷하더라니…….'

금천우의 제자였던 것이다.

생김이 다른데도 분위기며 느낌이 금천우와 판에 박은

듯 닮은 그를 보고 있자니 기분이 묘했다. 금천우의 모습이 겹쳐지기도 하고 지난 기억들이 스쳐가기도 한다. 그리고 검무악이란 자가 괜스레 친근히 와 닿기도 한다.

한데,

"왜 그러시죠? 검치랑군과 친분이라도 있으신가요?"

입김이 닿을 정도로 가까이에서 누군가가 불쑥 그렇게 물어왔다.

흠칫 놀라 돌아보니 추도향이다.

천풍이 의아한 눈을 했다.

어젯밤 다툼 아닌 다툼을 하고 좋지 않게 헤어진 터라 이렇듯 아무렇지 않게 말을 걸어오는 것이 너무 뜻밖이었다.

"왜요?"

천풍의 눈길에 추도향이 시큰둥하게 반응해왔다.

"아, 아닙니다."

혹시라도 화가 풀렸나 했더니 그렇지는 않은 모양이다. 여전히 찬바람이 쌩하니 불었다.

"검치랑군과는 어떻게 아는 사이죠?"

그럼에도 말을 건네는 데는 여전히 스스럼이 없다. 추도향의 그런 태도가 얼떨떨하긴 했지만 덕분에 그들 사이에 어색함이 들어찰 여지가 없어서 마음은 한결 편했다.

천풍은 추도향의 물음에 고개를 저었다.

"아는 사이가 아닙니다. 오늘 처음 뵙는 분입니다. 한데, 저렇게 젊은 분이 비무대회의 공증을 맡을 수도 있나 보군요."

조금 전 조충이 장황하게 늘어놓은 규칙 중에는 비무대회의 참가 조건도 포함되어 있었다. 그 중 하나가 40세를 나이 제한으로 둔다는 것이었다. 나이 제한이 40세인 만큼 비무의 참가자 중에는 검무악보다 나이가 많은 사람도 있을 터였다.

아무리 무림이란 곳이 실력을 우선시하는 곳이라지만 그래도 당사자의 입장에서는 한참 동생뻘인 사람이 윗사람 행세를 하며 공증을 보고 판정을 내리는 것이 기분 좋을 일은 아닐 것이다.

천풍의 질문에 추도향이 어이없다는 듯 천풍을 본다.

"그건 그쪽이 할 말은 아닌 것 같은데요?"

"예?"

천풍이 의미를 몰라 어리둥절해하자 추도향이 고갯짓으로 열세 개의 좌석을 가리켰다.

"저 좌석들 중 하나는 당신 것이니까 말이에요."

"……?"

"당신은 검치랑군보다도 훨씬 더 어리잖아요."

천풍이 여전히 알아듣지 못하겠다는 얼굴로 물었다.

"저 좌석들 중에 제 것도 있다고요?"

"금첩의 주인들을 위한 자리니 당연하죠. 원하기만 한다면 당신도 얼마든지 비무대회의 공증인이 될 수 있어요. 물론 저 또한 마찬가지구요."

잠시 말을 끊은 추도향이 검치랑군을 보며 다시 말을 이었다.

"저와 검치랑군은 스스로의 이름으로 이곳에 와 있는 것이 아니에요. 금첩 또한 우리의 것이 아니고요. 그것은 화산파의 유한검 관사홍 대협 또한 마찬가지죠. 금첩을 받은 것은 무림사세의 주인들이에요. 우리는 어디까지나 그들을 대리해서 와 있는 거구요. 그러니 검치랑군은 검치랑군이 아니에요. 적어도 이곳에서만큼은 검문주 패천일검 금천우 대협인 거예요. 한데 어느 누가 감히 그에게 자격을 논할 것이며 그가 동생뻘이라고 불쾌해할 수 있겠어요? 그러고 보면 저기 상석의 주인들 중 스스로의 이름으로 무림대회에 참석한 사람은 당신 하나뿐이군요."

면사 너머로 지긋한 시선이 느껴졌다.

"무림사세의 주인들과 동등하게 대우를 하는 것을 보면 염 단주님께서 당신에게 거는 기대가 정말 크긴 큰가 보네요. 무림사세에 버금가는 문파를 만들겠다고 했던 것도 그저 허투루 한 말은 아니었고요. 어쩌실 거죠? 옥면신룡이라 해도 염 단주님의 계획에 큰 힘이 될 텐데 천하사절이라 하면 그 말도 안 되는 계획이, 그 꿈이 정말로 현실이 될 수 있을지도 몰라요. 새 문파가 서고 그곳의 주인이 된다는 것…… 충분히 매력적인 일이 아닌가요?"

천풍은 대답하지 않았다. 대답은 하지 않았지만 비무대회가 끝나는 대로 황산사로 돌아가기로 이미 마음의 결정을 내렸다.

물론 아쉬움이 없는 것은 아니다.

새로운 질서니 새 문파니 하는 것들은 생각만으로도 눈앞이 아득해질 만큼 부담스러워서 엄두도 나지 않지만 그도 어쩔 수 없는 사내이기에 마음 한편에는 분명 설렘도 있고 기대도 있었다. 지금까지와는 다른 삶에 대한 호기심도 있다. 추도향의 말마따나 그것은 충분히 매력적인 일이었다.

하지만 그 어떤 것도 스승 현야에 우선할 수는 없다. 또한 그 어떤 삶도 현야와 함께하는 삶에 비할 바는 아니었다. 현천사로 돌아가기로 생각을 굳힌 이후로 그의 마음에는 다른 것이 끼어들 여지가 없었다.

천풍이 대답을 하지 않자 추도향도 굳이 더 묻지는 않았다. 무엇보다 그 순간 조충이 비무대회의 시작을 알렸기 때문이었다.

둥둥둥—

북이 울리고,

"와아!"

함성이 들끓었다.

천풍이 대답을 했더라도 묻혀 버렸을 만큼 귀를 따갑게 하는 함성 속에서 여덟 개의 비무대에 각기 두 명씩의 비무자들이 올랐다.

순간, 천풍은 눈을 휘둥그레 떴다.

전혀 생각지도 못했던 인물이 그곳에 있었다.

'저분도 비무대회에 참가를 하시는 건가?'

놀랍게도 비무대에 오른 사람 중 하나는 화산파의 도진이었다.

사실 비무대회에 도진이 참가했다는 게 그리 놀랄 일은 아니지만, 이런 장소에서 이렇게 다시 보게 될 거라고는 전혀 생각지 못했다. 그래서 놀란 것인데, 놀람의 뒤는 호기심이었다.

지금까지는 자신의 상대자로서 도진을 보았었다.

이렇듯 제삼자의 입장에서 도진의 검을 보게 된다고 생각하니 왠지 낯설기도 했지만 또한 궁금하기도 했다.

당연하게도 천풍의 시선은 도진이 서 있는 비무대에 고정되었다.

천풍만 그런 것이 아니었다. 대회장 안 대부분의 사람들이 도진을 보고 있었다. 아무리 화산의 골칫덩이로 전락했다 하더라도 엄연히 화산파의 장문제자였다. 다른 세 곳과는 이름의 무게가 달랐다.

"화산파 장문제자 도진 대 능씨세가의 후계자 능자운(陵紫雲)이라…… 시작치고는 제법 흥미로운 대진이네요."

능씨세가라면 어제 상무의 대결 상대이기도 해서 대강이나마 알고 있었다.

무림에서 권(拳)으로 일가를 이룬 가문이었다. 현(現) 가주 능초산(陵超山)은 중원 5대 권사(拳士) 중 한 명으로 손꼽히고 있었고, 능씨세가 또한 비록 오대세가에는 들지 못하지만 오대세가가 육대세가가 되는 날이 온다면 그 한 자리는 필경 능씨세가의 것이 될 거라고도 했다. 그런 가문의 후계자라면 추도향의 말대로 도진과 좋은 승부가 될 것 같았다.

천풍은 그렇게 즐거운 마음으로 도진의 비무를 기다렸다.

허나, 막상 비무가 시작되자 도진과 능자운의 비무는 기대만큼 흥미진진하지 않았다. 그렇다고 어느 한쪽이 일방적으로 강한 것도 아니었다. 공방은 쉴 새 없이 이어졌고 위험천만한 순간도 수차례나 있었다. 그래서 천풍을 제외하고는 다들 손에 땀을 쥐며 그들의 비무에 열중했다.

그러한 분위기에서 유독 천풍만 홀로 동떨어져 있었는데 그 이유는 능자운의 실력이 생각보다 못했기 때문이다.

무림인들의 실력이란 것을 제대로 본 적도 없고 그래서 어느 정도를 기준으로 실력의 좋고 나쁨을 나눠야 할지도 그에겐 막연한 일이었지만, 적어도 그 명성이 자자한 능씨세가의 후계자라면 저것보다는 나아야 했다.

'추 소저와는 하늘과 땅만큼이나 차이가 날 것 같으니…….'

물론 도문과 능씨세가를 같은 저울에 달 수는 없겠지만 도문과 능씨세가의 차이를 감안하더라도 능자운의 실력은 기대에 미치지 못하는 수준이었다.

'능산이라 했었나?'

차라리 어제 상무와 대결한 그 아이의 주먹이 더 곧고 정순해 보일 지경이었다.

본바탕이 아주 재능이 없거나 가문의 권세만을 믿고 수련을 게을리 했다는 뜻이다. 더욱 기가 막힌 것은 그런 능자운을 상대로 승부를 점치지 못할 만큼 막상막하를 이루고 있는 도진이다.

십 년 전의 도진이 아니었다.

십 년 전의 검도 아니었다.

기억 속의 도진은, 기억 속의 이십사수매화검법은 훨씬 더 매섭고 훨씬 더 날카로웠다.

지난 십 년의 방황이 도진을 이렇게 만들어 버린 것일까?

지난 세월 그 손에 검 대신 술병을 잡은 탓에 저리도 무디어지고 둔해진 것일까?

아니, 단지 그 때문만은 아닌 것 같았다.

비록 무디어지고 둔해지긴 했지만 십 년 전보다 퇴보했다고는 할 수 없었다. 적어도 한 가지만은 그때보다 나았다.

허점이 메워져 있었다.

전부는 아니지만 십 년 전에 비해 지금의 이십사수매화검법은 현격하게 허점이 줄어들어 있었다.

'손에선 검을 놓았지만 마음에선 검을 놓지 않고 있었다는 건가?'

그리 생각하고 보니 더 이상했다.

아무리 술독에 찌들어 몸이 둔해졌다고 해도 능자운에게 이렇게까지 고전할 정도는 아니었다. 허점이 메워진 이십사수매화검법 또한 능자운이 감당할 수 있는 수준의 것이 아니었다.

도진이 능자운에게 고전하는 이유는 다른 데 있었다.

천풍은 어렵지 않게 그 이유를 찾았다.

그것은 망설임이었다. 어쩐 일인지 도진의 검에는 망설임이 있었다.

"화산의 장문제자는 능자운이 아닌 다른 것을 보고 있군요."

추도향도 이상함을 느꼈는지 그렇게 중얼거렸다.

추도향의 말대로였다. 도진은 능자운을 보고 있지 않았

다. 능자운의 주먹에서 무언가 다른 것을 보고 있었다. 다른 무언가가 그의 검에서 망설임을 만들어 내고 있었다. 그리고 천풍은 다른 무언가의 정체 또한 어렵지 않게 알아차렸다.

'설마…… 나……인 건가?'

도진의 망설임 끝에는, 그 망설임이 만들어 내는 궤적 앞에는 어린 날 그를 당혹케 했던 천풍의 검이 있었다. 쳐낼 수도, 막을 수도, 피할 수도 없이 찔러 들어오던 그 단순한 검이, 그때의 기억이 도진의 검을 자꾸만 막아서고 있는 것이다.

이번만이 아니었다. 지난 십 년 동안 도진을 괴롭혀 왔던 것이 바로 이것이었다. 그리해 지난 십 년, 검을 놓고 그 손에 술병을 들 수밖에 없었던 것이다.

천풍은 부러울 만큼 당당했던 도진이, 도진의 검이 어쩌다 이리도 쓸모없이 되어 버렸는지 그제야 그 이유를 알았다.

'네놈으로 인해 앞날이 창창한 인재 하나가 완전히 못쓰게 망가졌다는 거지.'

지난날 도진을 보며 했던 금천우의 말도 이제야 이해가 되었다.

'결국은 모든 게 나 때문이라는 건가?'

죄책감이 드는 것은 아니었지만 마음이 무거워지는 것

은 어쩔 수 없었다.

그나마 다행히도 비무는 도진의 승리로 끝이 났다. 양쪽 다 체력이 죄다 고갈된 상태에서 우격다짐격인 승리였지만 보는 재미만큼은 최고였던지 함성과 박수 소리가 유난히 컸다. 물론 천풍은 여전히 그 같은 분위기에 편승하지 못하고 있었다.

지금 그의 머릿속은 온통 도진에 대한 생각뿐이었다. 아니, 정확히는 도진의 검이 그의 머릿속을 가득 채우고 있었다.

이는 도진에 대한 책임감도, 그로 인해 마음이 무거워서도 아니었다. 그야말로 검에 대한 순수한 관심이었다.

망설임이 가득했던 도진의 이십사수매화검법이 못내 아쉬웠다.

그 망설임이 답답했다.

목에 가시라도 걸린 것처럼 거슬리기도 하고, 모기에라도 물린 것처럼 근질거리기도 했다. 생각하면 할수록, 그리해 도진의 검이 머릿속에 선명해지면 선명해질수록 그 답답함과 근질거림은 더해만 갔다.

정말이지 이십사수매화검법에서 그 망설임을 치워 버리고 싶었다. 그리하면 십 년 묵은 체증이 내려가듯 속이 다 후련할 것 같았다.

그러한 상념 속으로 상아의 목소리가 파고든 것은 그때였다.

"흥! 대진 운이 아무리 좋아도 기본적으로 실력이 받쳐줘야 이기는 거죠. 그렇게 방심하다가는 시작하자마자 엉덩이를 걷어차일걸요?"

뒤이어 관여락의 목소리도 들렸다.

"그런 걱정일랑은 붙들어 매셔. 엄밀히 따지면 내가 운이 좋은 게 아니라 상대가 운이 나쁜 거니까. 첫 판부터 나 같은 고수를 만났으니 이 얼마나 재수가 없는 노릇이냐고."

"좋아요. 그 자신감이 얼마나 오래 가는지 한번 보자고요. 그리고 나중에 가서 딴말이나 하지 마세요. 난 이미 아저씨 누님이 될 준비가 되어 있으니까요."

"그러는 꼬마 아가씨나 나중에 가서 딴말 하지 마셔. 아니, 막상 안 하다가 하려면 어색할 테니까 미리미리 연습이나 해 둬. 오라버니든 오빠든 난 어느 쪽이든 상관없으니까. 자, 그럼 슬슬 꼬마 아가씨의 오라버니가 되러 가 볼까?"

관여락이 성큼 비무대로 향했다.

이제 그의 차례인 것 같았다.

일찍부터 관여락에게는 호기심을 가지고 있던 천풍이다.

과연 어느 정도의 실력인지, 그 무공은 어떤 것인지 확인해 볼 기회였다.

천풍은 잠시 이십사수매화검법에 대한 생각을 접고 관여락을 보았다.

관여락이 먼저 비무대에 오르자 곧이어 그 상대도 나타났다.

순간 천풍의 눈에 실망이 스쳐 갔다. 상아의 말에서 어느 정도 짐작은 했었지만 상대가 관여락에 비해 너무 못 미쳤기 때문이었다.

한데, 그런 와중에도 천풍의 눈길을 끄는 것이 있었다.

'무기를 들 필요조차 없다는 건가?'

관여락이 상대를 앞에 두고도 등에 메고 있는 무기를 전혀 꺼내들 생각을 않고 있었다.

아쉬웠다. 천풍이 관여락에게서 정말로 궁금해하는 것은 관여락이 어느 정도의 실력인지보다는 과연 어떤 무공을 사용하는지였다. 또한 천으로 둘둘 말아놓은 무기가 과연 어떤 무기인지, 창이 맞긴 맞는 건지 그것도 알고 싶었다. 한데, 눈앞의 상대쯤은 맨손으로도 거뜬하다는 듯 우두둑 우두둑 손가락 관절을 풀어댄다.

허세가 아니었다.

둥둥—

등을 활처럼 꺾는가 싶더니, 비무 시작을 알리는 북이

울림과 동시에 그 탄력을 이용해 상대가 어찌 방비할 틈도 주지 않고 단숨에 거리를 좁힌다. 그리고는 발을 들어 그대로 상대의 가슴을 냅다 차 버렸다.

퍽!

"쿠억!"

우당탕탕!

그걸로 끝이었다. 가슴을 걷어차인 상대가 맥없이 비무대 밖으로 떨어져 장외 탈락이 되어 버린 것이다.

너무도 순식간에 벌어진 일이라 구경꾼들은 물론이고 판정을 내려야 할 사람마저도 얼이 빠져 있었다. 뒤늦게 관여락의 승리가 공표되자 그제야 사람들이 얼떨떨하게 박수를 쳐댄다.

"역시 단순한 인간망종은 아니었나 보네요."

추도향의 말에 천풍이 고개를 끄덕였다.

상대가 약했다고는 해도 관여락이 보여준 움직임은 천풍이 상상했던 그 이상의 것이었다.

"궁신탄영(弓身彈影)을 저렇게까지 능숙하게 사용할 정도라면 내공만 해도 일 갑자, 아니, 그 이상이라는 뜻이죠. 그 무재(武才) 또한 범상치 않다는 거구요. 어쩌면 이번 비무대회의 우승은 정말로 저자가 차지하게 될지도 모르겠군요."

천풍은 이번에도 군말 없이 고개를 끄덕였다.

물론 지금 보여준 것만으로 우승을 논하기에는 아직 일렀다. 술독에 찌들어 둔해질 대로 둔해진 도진과 비교해도 더 낫다고는 할 수 없었다.

화산파라는 것은, 구대문파라는 것은, 무림사세라는 것은 그리 간단히 넘볼 수 있는 것이 아니었다.

하지만 중요한 것은, 관여락은 아직 아무것도 보여준 것이 없다는 것이다. 그가 보여준 것이라고는 잠깐의 경공술과 특별할 것도 없는 발길질이 전부였다. 그 이면에 대체 무얼 숨기고 있는지 알 수 없었다. 그리고 알 수 없다는 것이야말로 추도향의 평이 그처럼 높았던 이유이기도 했다.

'우선은 등에 메고 있는 무기라도 봤으면 좋겠는데…….'

왜 그럴까?

창이든 아니든 별로 대수로울 것도, 딱히 관심을 가질 이유도 없는데 이상하게 신경이 쓰이는 천풍이었다.

어쨌거나 무림대회의 백미라 할 수 있는 비무대회는 그렇게 시작되었다.

천 명이 넘는 참가자들이 빠듯한 일정 속에서 비무에 임하고 있었지만 대회는 별다른 사고 없이 무난히 진행되고 있었다. 그렇게 뜨거운 열기 속에서 하루가 가고 또 하루가 지났다.

도진과 관여락도 첫날과 별반 다르지 않았다.

비무 상대는 첫날의 능자운보다 오히려 약한 상대를 만나게 되었는데도 도진은 여전히 고전을 면치 못하고 있었고, 도진과는 반대로 첫날 상대보다 점차 강한 상대를 만나는데도 관여락의 거침없는 질주는 멈추지 않았다.

그러면 그럴수록 이십사수매화검법에 대한 아쉬움과 근질거림은 더욱 커져만 갔고 관여락에 대한 궁금증도 깊어만 갔다.

조금은 심심하게 흘러가던 비무대회가 갑작스러운 전환을 맞은 것은 비무대회가 나흘째에 접어드는 날이었다.

제7장

천하사절은 천하사절이 아니었다

"아저씨 운도 이제 다됐네요."

상아가 관여락을 보며 샐쭉이 말했다.

"정말 그럴지도 모르겠군."

놀리는 말이었는데 어쩐 일인지 관여락이 선뜻 수긍을 해 버린다.

지금까지와는 다른 태도에 상아가 웬일이냐는 눈으로 관여락을 본다.

관여락이 어깨를 으쓱해 보였다.

"천하에 무서울 것 없는 나지만 그래도 남궁세가의 소가주를 상대로 승리를 장담할 만큼 뻔뻔하지는 않으니까."

그랬다. 관여락의 다음 상대는 남궁세가(南宮世家)의 소가주 남궁현(南宮炫)이었다. 지금껏 비교적 대진 운이 좋았던 관여락이 드디어 제대로 된 상대를 만나게 된 셈이었다.

"아저씨가 정상적인 말을 하니까 왠지 좀 무서운데요?"

"조금이라도 허술히 마음을 먹었다가는 단숨에 잡아먹힐 테니까."

긴장하는 기색이 역력했다.

지금껏 관여락의 호언장담을 비웃기만 했던 상아지만 이번만큼은 비웃음 대신 위로를 건넸다.

"여기까지 올라온 것만 해도 대단한 건데요 뭐. 사실 저는 아저씨를 다시 봤는걸요. 천하에 불효막심하고 막돼먹은 인간인 줄로만 알았는데 쟁쟁한 무림인들을 이기고 여기까지 올라왔다는 건 아저씨도 열심히 살아왔다는 거잖아요. 그러니까 너무 부담 갖지 마세요. 결과야 어떻든 최선을 다 했으면 그걸로 된 거잖아요."

풀죽은 모습이 그저 딱해서 하는 말은 아니었다. 상아도 며칠 동안의 활약을 지켜보면서 관여락에 대한 인상이 많이 바뀌어 있었다. 어제의 비무에서는 관여락의 승리에 저도 모르게 환호성을 내지르기까지 했다. 그래서 이렇게 다해 버린 관여락의 운을 같이 안타까워도 하고 위로도 하는 것인데,

"대체 무슨 소리를 하는 거야?"

고마워하기는커녕 도리어 그런 상아를 어이없다는 듯 쳐다보는 관여락이다.

"그러니까 남궁세가의 소가주한테 지는 건 창피한 게 아니라는……."

"그러니까 그게 무슨 소리냐고. 나는 승리를 장담 못한다고 했지 진다고는 안 했잖아?"

"그럼 이길 수도 있다는 거예요?"

"당연하지. 그럼 내가 가망도 없는 일에 이천오백 냥이나 걸었겠어?"

"상대가 남궁세가의 소가주인데도요?"

"어차피 우승을 목표로 하는데 이 정도 난관쯤이야 예상했던 바야."

"아까는 잔뜩 겁먹은 얼굴을 해놓고서는 뻔뻔스럽게 말은 잘도 하네요."

"그게 겁먹은 얼굴로 보였어?"

"그럼 아니에요?"

"아니지. 그건 겁을 먹은 게 아니라 살짝 긴장한 것뿐이야. 모처럼 싸워 볼 만한 상대를 만나서 기분 좋을 만큼 살짝 말이야. 이 몸이 세상을 어떻게 놀라게 하는지 이번에야말로 똑똑히 지켜보고 있으라고. 장담하건대 무림사에 기록될 역사의 한 장면을 보게 될 테니까 말이야."

이번엔 상아가 어이없다는 듯 관여락을 보았다.

세상을 놀라게 한다느니, 무림사에 기록될 역사의 한 장면이라느니, 호언장담도 이 정도면 아예 허풍이다.

애초에 동정도 위로도 해줄 만한 위인이 아니다. 잠시나마 그런 마음을 가졌던 자신이 너무 바보 같았다. 괜스레 분하기까지 했다.

"흥! 세상을 놀라게 하기는커녕 남궁세가의 검술에 놀라서 꽁무니 빠지게 도망이나 안 다니면 다행이죠! 정말 그렇게 되면 나 아는 척하지 마세요. 창피하니까!"

"내 멋진 모습에 반하지나 말라고. 난 애들 취향은 아니거든. 여자란 모름지기 마음도 푸근하고 몸도 푸근해야 한다는 주의라서 말이야."

관여락이 그렇게 말을 하고는 비무대에 올랐다.

말로는 절대로 이길 수 없다는 둥, 꽁무니 빠지게 도망이나 다니지 말라는 둥 했지만 그래도 지난 며칠간 같이 지낸 정은 무시할 수 없는지 관여락을 보는 상아의 눈은 걱정 반 기대 반이다.

상아가 걱정 반 기대 반의 눈으로 관여락을 보고 있다면 천풍은 기대 반 호기심 반으로 관여락을 보고 있었다.

남궁세가의 남궁현이라면 황학루에서 한 번 만난 적이 있었다.

첫인상이 그다지 좋지 못했던 사람이었다. 남궁현뿐만

아니라 그 자리에 있던 오대세가의 자제들 모두가 그랬다.

오만하고 무례했다.

하지만 그때의 오만함과 무례함은 제쳐 두고 무인으로서의 그릇만 본다면 천풍이 지금껏 본 비무자들 중에서는 단연 으뜸이었다.

관여락은 그런 남궁현을 상대해야 하는 것이다.

이번만큼은 관여락의 실력을 제대로 볼 수 있을 것 같았다.

'남궁현이 상대라면 등에 메고 있는 무기도 더는 감추고만 있지는 못하겠지.'

천풍의 짐작대로였다.

비무대에 올라 남궁현을 마주한 관여락이 드디어 등 뒤의 무기를 꺼내었다. 주섬주섬 천을 벗겨내는 손놀림은 어울리지 않게도 정성스러웠다.

그리해 마침내 모습을 드러낸 그것은 짐작과는 달리 창(槍)이 아니었다. 창이라고 하기에는 그 끝이 조금 뭉툭할 뿐 아무것도 없다.

그렇다고 봉(棒)도 아니다. 길이가 다섯 자는 훌쩍 넘었다.

또한 쇠가 아니라 박달나무로 만들었으니 편(鞭)이라 할 수도 없었다.

그것은 곤(棍)이었다.

마치 귀한 보물인양 천에 곱게 말아 아끼고 아낀 것에 비하면 지나치게 평범했다. 아무런 문양도 없었고 특별함도 느껴지지 않았다.

실망스럽기도 하고 허탈하기도 했다. 하지만 막상 비무가 시작되고, 관여락이 곤을 휘두르자 그 같은 실망과 허탈은 놀람과 의아함으로 바뀌었다.

"천풍 아저씨, 지금 제가 꿈을 꾸고 있는 거예요?"

상아가 믿기지 않는다는 눈으로 비무대 위를 올려다보고 있었다. 심지어 제 볼을 스스로 꼬집어보기까지 한다.

"아야야! 분명 꿈이 아닌데?"

꿈이 아닌 것을 확인하고도 여전히 그 눈에는 불신이 가득했다.

상아만 그런 것이 아니었다. 관여락과 남궁현의 비무를 보고 있는 사람들 모두가 그랬다. 그도 그럴 것이 지금 저 비무대 위에서는 어느 누구도 예상치 못했던 전개가 펼쳐지고 있었던 것이다.

상아의 걱정이나 천풍의 평가를 비웃기라도 하듯 그곳에선 놀랍게도 관여락의 일방적인 우세로 비무가 펼쳐지고 있었다.

처음에는 다들 설마 했다.

관여락의 공세가 무섭게 몰아칠 때도, 그 맹렬한 공세에 남궁현이 어쩔 줄을 몰라 하며 쩔쩔맬 때도 그저 일시적인 것이려니, 그저 남궁현의 장난이려니, 그도 아니면 잠시 방심을 한 것뿐이려니 그리 생각했다.

하지만 아니었다.

전세가 바뀌기는커녕 시간이 지날수록 관여락의 공세는 더욱 거침이 없어졌고 그럴수록 남궁현의 얼굴은 사색이 되어가고 있었다. 그리고 그것은 진사우와 사도기의 비무 때와 판에 박은 듯이 닮아 있었다.

그럼에도 그때와는 비교도 안 될 만큼의 충격이 대회장 안을 집어삼키고 있었다.

오대세가가 어딘가. 한때 구대문파와도 어깨를 나란히 했고 지금까지도 무림의 패주로 군림하고 있는 수백 년 전통의 명문무가다.

하면, 남궁세가는 또 어딘가. 오대세가 중에서도 그 수백 년 동안 의심의 여지없이 오대세가의 수장 자리를 굳건히 지켜온 무림 최고의 가문이다.

그곳의 소가주였다.

다음 세대의 주인이었다.

한데, 그야말로 무명소졸에게 대(大) 남궁세가의 차기 주인이 제대로 된 공격 한번 하지 못하고 뭇매를 맞고 있었다.

그야말로 충격이다.

모두가 넋을 잃었다.

비단 구경꾼들만이 아니라 상석에 자리한 무림의 고인들마저도 이 예상치 못한 전개에 혼란스러워하는 표정들이었다.

그러나 천풍만은 예외였다.

물론 천풍의 얼굴에도 놀람이 있었고 당혹도 있었고 의아함도 있었다. 하지만 그것은 단지 대남궁세가의 소가주가 일개 무명소졸에게 곤욕을 당하고 있다는 사실 때문이 아니었다. 물론 지금의 전개는 천풍으로서도 예상치 못한 것이었고 그래서 그에게도 신선한 충격이긴 했다. 그러나 지금 그들의 비무에서 천풍이 보고 있는 것은 비무의 형세가 아니었다.

지금 이 순간 천풍이 보고 있는 것은 관여락의 곤이었다. 그것을 휘두르는 관여락도, 그것을 힘겹게 막아내고 있는 남궁현도 천풍은 보고 있지 않았다. 그의 눈은 오직 관여락의 곤에만 머물러 있었고 그 곤이 천풍을 놀라게도 했고 당혹케도 했으며 의아하게도 하고 있었다.

'저건 설마…….'

곤이 만들어 내고 있는 궤적들…….

눈에 익었다.

그 움직임 또한 익숙했다.

그래, 알고 있었다.

저 궤적도, 저 움직임도, 관여락의 실체도…… 그리고 왜 남궁현이 저토록 맥을 못 추는지도…….

'그래, 그랬었어. 넷이 아니었어. 하나가 더 있었어!'

* * *

"저거 말이야. 저거…… 풍마곤(瘋魔棍) 아닌가?"

어느 누구도 예상치 못했던 전개에 모두가 얼이 빠져 있을 때였다. 구경꾼들 중 하나가 관여락을 보며 뭔가 생각났다는 듯 그렇게 말했다.

"풍마곤이라니? 요즘 애들 사이에 유행한다는 그 풍마곤 말인가?"

"우리 아들놈도 어디서 풍마곤이랍시고 배워왔는데 말이야. 저거랑 너무 비슷해서 하는 말이네."

"에이, 이 사람아! 그럴 리가 있는가? 그런 삼류 중에서도 삼류에 남궁세가의 소가주가 저리도 쩔쩔맨다는 게 어디 말이나 될 법한 소린가 말이야."

"그렇기야 하지만…… 그래도 풍마곤이랑 너무 닮았는데……. 혹시 저것도 천하사절의 무공인 것은……."

"푸하하! 무슨 말도 안 되는 소리를 하고 있는 건가? 천하사절이 검, 도, 권, 창이라는 건 이제 다섯 살 먹은 내 아들놈도 아는 사실인데, 풍마곤이 천하사절의 무공일 리가 없잖은가? 설혹 천하사절의 무공이라 해도 그렇지. 저 남궁세가의 소가주는 지금껏 천무구룡이 상대했던 자들과는 근본적으로 달라. 어쭙잖은 일류가 아니라는 말일세. 자네, 천무구룡이 오대세가나 무림사세의 고수들과 붙었다는 소문 한 번이라도 들어 본 적이 있는가? 없지? 애당초 싸움조차 성립이 되지 않을 만큼 차이가 난다는 것을 서로가 잘 알고 있는 거야."

지닌 바 재능이 다르고 무예의 깊이가 다르고 내공의 양이 다르다. 천하사절의 비급으로 일으킬 수 있는 기적은, 메울 수 있는 차이에는 한계가 있는 것이다.

"뭐, 그렇긴 하네만은……."

수궁은 하면서도 여전히 미심쩍어하는 기색을 지우지 못한다.

그것은 그 혼자만의 의구심이 아니었다.

"저건 정말 풍마곤인 것 같은데?"

"그러게. 풍마곤이라면 나도 잠시 배워 본 적이 있는데, 그게 딱 저랬거든. 곤을 마치 채찍처럼 휘두르는 것도 그렇고 그 반동을 이용해 몸을 격렬하게 흔드는 것도 그렇고, 그러면서도 부드럽게 차올리는 퇴법은 영락없이 풍마곤이란 말이야."

여기저기서 의아해하는 목소리들이 들렸다.

이제 모두의 관심은 비무의 결과가 아니었다. 과연 관여락의 무공이 풍마곤이 맞는가 하는 거였다.

정말 풍마곤이 맞다면 지금 이 눈앞에 펼쳐진 현실을 어떻게 받아들여야 하는가.

삼류지만 천하사절의 무공은 아니다.

천하사절의 무공이 아닌데도 천하사절의 무공보다 더한 기적을 만들어내고 있다.

그렇게 모두가 풀리지 않는 의문과 어떤 기대감으로 비무대를 보고 있는 그때, 마침내 비무의 승패가 갈렸다.

특별한 변수도 변화도 없었다. 정말이지 공허하다 싶을 만큼 대남궁세가의 소가주가 무릎을 꿇었다.

"졌소."

목소리의 떨림도, 그 속에 담긴 불신도 부정도, 좌절과 울분 또한 공허하게 들렸다. 그보다 더 서글픈 것은 패자의 목소리에는 아무도 귀기울여 주지 않는다는 것이다. 천하에 그 명성이 자자한 남궁세가의 소가주이건만, 천하를 가슴에 품을 만큼 큰 웅지를 가지고 비무대회에 참석했던 남궁현이건만 그 퇴장은 더없이 쓸쓸하고 초라할 뿐이었다.

모두의 시선은, 모두의 귀는 승자에게 집중되기 마련이다.

그것이 세상이고 현실이다.

승자가 절대로 이길 수 없는 상대를 꺾었다면, 모두가 불가능이라 생각하는 일을 해낸 것이라면 더욱 그러했다. 그 중심에 관여락이 서 있었다.

관여락조차 남궁현을 상대로 이렇게 쉽게 이겨 버릴 거라고는 생각지 못했는지 상당히 상기된 얼굴을 하고 있었다. 대회장 안 가득한 사람들을 훑어가듯 둘러보는 그 눈빛 또한 격정에 차 있었다.

그렇게 대회장 안 사람들을 둘러보던 관여락이 자신의 곤으로 바닥을 찍었다.

쾅!

나무로 된 목곤이 대리석으로 된 비무대 바닥을 한 뼘이나 파고들어가며 굉음을 냈다. 그 주변이 쩌저적 갈라지고 파편이 요란하게 튀었다.

사람들은 그제야 남궁현을 꺾은 힘이 단지 풍마곤 하나가 아님을 깨달았다. 적어도 내공만큼은 남궁현에 못지않다는 것도 알았다.

그런 사람들의 놀람을 일축하며 관여락이 입을 열었다.

"내 무공은 풍마곤이 맞소!"

남궁현과 비무를 하는 중에도 사람들의 말을 들었나 보다.

격앙되어 떨려 나오는 목소리에 어떤 이는 짐작했던 대로라는 듯 고개를 주억거렸고 어떤 이는 이어져 나올 말을 기대하며 눈을 반짝였다. 그러한 기대를 저버리지 않고 관여락이 다시 입을 열었다.

"허나, 내 풍마곤은 천하사절의 무공이 아니오!"

그때, 답답했는지 누군가가 불쑥 물었다.

"그럼 관 대협의 풍마곤은 대체 무엇입니까? 풍마곤이라면 삼류 중의 삼류인데, 게다가 천하사절의 무공도 아닌데 그런 삼류무공으로 어떻게 남궁세가의 소가주님을 이길 수가 있었다는 말입니까?"

그거야말로 지금 대회장 안에 있는 모두가 진정으로 알고 싶어 하는 단 하나의 진실이었다.

관여락은 감추지 않았다.

"나 또한 천무구룡들과 마찬가지로 한 권의 무공비급을 얻었고 그것이 풍마곤이오! 허나 그 비급은 천하사절 중 누구의 것도 아니었소! 천하제일곤협(天下第一棍俠)! 그것이 내가 얻은 풍마곤의 비급에 새겨진 이름이었소! 다시 말해 천하는!"

잠시 말을 끊은 관여락이 길게 숨을 고른 후, 목소리에 내력을 담아 대회장이 쩌렁쩌렁 울리도록 큰소리로 말했다.

"처음부터 천하는 '사절(四絕)'이 아니라 '오절(五絕)'이 있었던 것이오!"

*   *   *

복주 신창문에서 태어난 관여락은 어렸을 때부터 그 기재가 남달랐다. 하나를 가르치면 열을 깨우쳤고 열을 가르치면 새로운 것을 만들어 냈다. 하지만 지닌 자질에 비해 신창문은 너무 좁았다.

문제는 그가 신창문을 이을 유일한 핏줄이라는 것이었다. 그리고 그의 아비이자 현 문주 관서량은 무엇보다도 가문을 우선시한다는 것이었다.

아들의 무재가 출중함을 알았지만, 그래서 신창문의 울타리가 아들에겐 오히려 방해가 된다는 것을 알았지만 그는 아들을 밖으로 내돌리지 않았다. 관서량으로서는 감히 쳐다도 볼 수 없는 무림의 고인이 관여락의 재능을 알아보고는 제자로 삼겠다고 한 적도 있었지만 이마저도 거절했었다.

아들의 입신양명보다 가문의 후계를 잇는 것이 더 중하다 판단했기 때문이다. 거기에는 관여락이라면 가문의 반양의창법을 새로운 경지로까지 이끌 수 있을 거라는 기대도 있었다.

그러나 그것은 부질없는 기대였다.

관여락의 마음을 붙들기에는 반양의창법은 너무 모자랐다. 관서량이 아들의 마음을 잡아 보려 하면 할수록 더욱 겉돌기만 했고 언젠가부터는 아예 그 손에서 창을 놓아 버리기까지 했다.

신창문의 문하생들을 모아놓고 '신창문의 반양의창법은 쓰레기다!' 라고 한 것이 바로 그 무렵의 일이었다.

그 같은 기행들은 역설적이게도 그만큼 그가 제대로 된 무공에 굶주려 있었다는 뜻이기도 했다.

그러던 어느 날 부엌 아궁이 옆에서 글씨체가 괴상한 책 한 권을 발견하게 된 것은 어쩌면 하늘이 그런 그를 불쌍히 여긴 것일는지도 몰랐다.

풍마곤(瘋魔棍)

이상한 글씨체 때문에 오히려 호기심이 생겨서 집어 들게 된 책에는 풍마곤이라는 세 글자가 적혀 있었다. 그리고 그것을 펼쳤을 때, 그는 그제야 자신의 방황이 끝났다는 것을 알았다. 마음을 붙일 곳을 드디어 찾은 것이다.

그것이 그와 천무구룡의 다른 점이었다.

천무구룡은 우연히 얻은 비급을 별 기대 없이 익힌 것이라면 그는 그 비급의 대단함을 어렴풋이나마 알고 익혔다. 천무구룡들이 아직도 초식의 형(形)을 따라 하는 수준에 지나지 않는다면 그는 그 오의마저도 아주 조금씩이나마 깨우쳐가고 있었다.

무엇보다 큰 차이는 내공이었다. 천무구룡들이 기껏 삼류내공심법으로 내공을 채운 것에 반해 관여락이 익힌 내공심법은, 지난날 그를 제자로 삼으려 했던 무림의 고인으로부터 직접 사사 받은 것이었다. 비록 제자의 연은 맺지 못했지만 관여락의 자질을 아깝게 여겨 내공심법이나마 전해주고 간 것이었다. 뿐만 아니라 십이정경(十二正經)과 기경팔맥(奇經八脈)은 물론이고 전신 모든 세맥(細脈)까지 열어주어 내공 증진에 더없이 좋은 신체로 만들어주기까지 했다.

천무구룡이 일류 고수들을 이길 정도라면 자신은 능히 그 이상의 고수도 상대할 수 있다는 자신감, 그래서 그토록 호언장담을 할 수 있었던 것이다.

물론 어디까지나 상대를 할 수 있다는 자신감이지 이길 수 있다는 확신은 아니었다. 그는 무림이라는 곳이 그리 만만한 곳이 아님을 너무나도 잘 알고 있었다. 남궁세가의 소가주로 대진이 정해졌을 때, 상아에게 남궁세가의 소가주를 상대로 승리를 장담할 만큼 뻔뻔하지 않다고 한 것도 그러한 이유에서였다.

비무대에 올라 남궁현을 마주했을 때도 그 같은 생각은 마찬가지였다. 오만하게 내려다보는 눈길에 울컥 화가 치밀기도 했지만 오만함만큼이나, 그 당당함만큼이나 강한 상대라는 것을 피부로 느낄 수 있었다.

소름인지 긴장인지 뭔가 기분 나쁜 느낌이 살갗을 간질였다. 순간순간 머리털이 쭈뼛거리기도 했다.

그렇게 마주한 순간에는 도무지 이길 수 있을 것 같지 않았다.

오대세가라는 것이 결코 허명이 아니었음을 남궁현을 마주한 순간 바로 알았다.

우승을 할 거라 호언장담했던 것이 얼마나 무식하고 무모한 객기였는지도 알았다.

그 순간 가장 먼저 후회가 된 것은 허무하게 잃게 된 이천오백 냥이 아니라 앞으로 상아에게 누님이라 불러야 한다는 것이었다. 생각만으로도 등허리가 서늘하고 식은땀이 흘렀다.

하지만, 어차피 이기지 못할 거라면 실컷 공격이나 해보자는 심정으로 곤을 내지른 순간, 그는 그의 풍마곤이 그가 생각했던 것보다 훨씬 더 대단하다는 것을 깨달았다.

무심코 내지른 일격에 사색이 되어 버리는 남궁현이다. 곤을 내지를 때마다 어찌할 바를 몰라 한다. 손발은 어지럽고 얼굴은 당혹감을 감추지 못한다.

처음으로 확신이 생겼다.

'이길 수 있다.'

그 어린 꼬마 아가씨에게 누님이라 부르지 않아도 된다.

이천오백 냥은 오만 냥이 되어 돌아올 것이다.

그 모든 즐거운 상상들보다 그를 더욱 흥분되게 하는 것은 풍마곤에 대한 확신이었다.

물론 스스로의 눈을 믿었다. 처음 풍마곤의 비급을 접한 후 느꼈던 그 떨림을 믿었고 그 설렘을 믿었다. 그로부터 수년이 지나 천하사절에 대한 소문을 들었을 때 그는 자신의 풍마곤이 또한 천하사절의, 아니, 천하오절의 비급임을 알았다.

허나, 아흔아홉의 믿음에도 하나의 불안만큼은 어찌할 수 없었던 것이, 천무구룡들에 비하면 조금 낫다 뿐이지 그로서도 풍마곤을 온전히 다 이해하지 못했기 때문이었다.

하지만 남궁현이 스스로 패배를 자인한 그 순간, 단 하나의 불안마저도 사라졌다. 그래서 들떴다. 주체하지 못할 만큼 들떠서 그렇게 천하는 오절이라고 공표를 한 것이었다.

그로 인해 대회장은 발칵 뒤집히고 말았다.

비급의 주인이 하나 더 늘어난 것만으로도 충분히 놀라운 일인데 천하사절이 천하오절이 되었으니 그 충격은 몇 배나 더했다. 그리고 그 소식은 당연하게도 염장의 귀에도 들어갔다.

제8장

천풍, 다시 집필하다

천극의 서

"대체 일 처리를 어떻게 한 거야!"

염장이 조충을 보며 벌컥 화를 냈다.

관여락의 소식을 전해들은 직후였다.

"내가 뭐랬어? 비급의 주인이 비무대회에 참가하는 것은 절대로 안 된다고 했지? 비무대회뿐만 아니라 단순한 시비도 싸움도, 사전에 철저히 차단해야 한다고 했어, 안 했어? 혹시라도 새로운 자가 나타날지도 모르니 비무대회 참가자들이라면 단 한 명도 허술히 넘기지 말라고 내가 그렇게도 당부를 했는데, 대체 일을 어떻게 처리했기에 이 지경을 만드느냔 말이다!"

분을 주체할 수 없는지 길길이 날뛰는 염장이다. 그런 염장에게 호된 꾸지람을 듣고 있는 조충은 심히 억울하다는 표정이었다.

"내가 천하사절 본인도 아니고, 귀신도 부처님도 아닌데 천하사절이 갑자기 천하오절이 될 줄 어찌 알았겠소? 이건 그야말로 불가항력적이고도 천재지변에 다름없는 일이잖소. 게다가 요즘 내가 좀 바빠요? 형님의 밀명을 받들어 천무구룡을 구슬리느라 불철주야 쉬지도 못하고 공사가 다망한데, 이런 상황에서 그런 세세한 일까지 어찌 다 관리를 하겠느냐 이 말이오."

"뭐? 내 밀명을 받들어 천무구룡을 구슬리느라 불철주야 공사가 다망해? 허구한 날 술이나 처마셔대면서 그걸 지금 변명이라고 해?"

"어허 참! 섭한 말씀을 하시네. 내가 어디 나 좋자고 술을 마시는 거요? 그게 다 천무구룡을 구슬리는 데 필요하니까 어쩔 수 없이 마시는 거지?"

"그래서, 천무구룡을 구슬리는데 필요해서 유유자적 혼자서 밤새 술독에 빠져 있었던 거냐?"

"혼자는 무슨, 지금껏 천무구룡들과 벗하여……."

"내가 조금 전에 천무구룡들을 만나고 왔는데 이게 어디서 구라를 까고 있어!"

염장의 말대로였다.

지금까지 혼자서 독작을 하다오는 길이었다. 시작은 그렇지가 않았는데 지난 나흘 동안 그의 말대로 불철주야로 내리 달린 끝에 천무구룡들이 죄다 나가 떨어져 버린 바람에 그 혼자 남게 되었던 것이다.

그렇다고 하루를 쉬자니 아쉽고 가을 하늘을 보고 있자니 괜히 쓸쓸하기도 하고, 그렇게 혼자 고독을 벗 삼아 한 잔 두 잔 마시다 보니 밤을 새워 버리기까지 한 것인데, 하필 오늘 천하오절인지 뭔지가 나타나는 바람에 이렇듯 추궁을 당하고 있으니 그로서도 심히 억울한 바가 없지는 않았다.

그래도 할 말은 있다.

"좋소. 뭐 다 내 책임이라 합시다. 하지만 그게 꼭 나쁜 것만은 아니지 않소? 차라리 잘된 일 아니오?"

"잘된 일은 뭐가 잘된 일이란 말이야?"

"그게 그렇잖소. 비급의 주인들이 비무대회에 나와서는 안 되는 이유가 뭐요? 혹시 패배라도 당해서 천하사절에 대한 환상을 깨트리게 될까봐 그게 걱정인 거 아니오?"

"그래서?"

"솔직히 비급의 주인들에게 기대를 해본들 얼마나 하겠소? 고작 일류를 이기는 삼류일 뿐이잖소. 물론 삼류무공으로 일류를 이긴다는 것이 얼마나 말도 안 되는 일이고, 얼마나 기적 같은 일인지는 나도 잘 알고 있소만, 어쨌든 천하사절의 비급에 거는 사람들의 기대나 환상도 결국은 그 정도가 한계라는 것 아니요? 천하사절의 비급만으로 오대세가를 이길 수 있다고 어느 누가 상상이나 했겠소? 비급의 주인이 남궁세가의 소가주를 꺾으리라고 감히 누가 상상이나 했겠느냔 말이오. 한데 해냈잖소. 천하사절이든 천하오절이든 간에 어쨌든 비급의 주인이 남궁세가의 소가주를 이겨 버렸잖소. 오대세가를 넘었는데 무림사세라고 못 넘을까? 나도 이렇게 생각을 하는데 사람들이라고 다르겠소? 관여락 그자의 등장 덕분에 이제 사람들은 천하사절, 아니, 천하오절이란 이름에 더 큰 꿈을 꾸고 더 큰 환상을 보게 되었지 않냐 이 말이오!"

조충의 반박은 드물게도 설득력이 있었다.

너무 화가 치밀어 순간 이성을 잃었었지만 생각해 보니 그도 그렇다.

관여락의 비무대회 참가가 꼭 나쁜 일인 것만은 아니다.

무림사세는 물론이거니와 오대세가 또한 무림에서는 절대 넘볼 수 없는 성역이었다. 그것은 천하사절이라 해도 다르지 않았다.

한데 비급의 주인이 그 성역을 넘었다.

오대세가를 넘은 이상 조충의 말대로 무림사세라고 못 넘을까 하는 마음이 생겨났을 것이다. 이는 금강석처럼 단단한, 무림사세라는 철옹성에 작게나마 흠집을 낸 것이었다.

그가 세우려는 문파에 득이 되면 되었지 해가 될 일이 아니다. 나쁜 일이기는커녕 쌍수를 들고 환영해도 모자랄 판국인 것이다.

"그래서 결과는 어떨 것 같은데?"

염장이 한결 누그러진 목소리로 물었다.

"무슨 결과 말이요?"

"앞으로 비무대회의 결과가 어떻게 될 것 같냔 말이다. 관여락이란 자가 우승을 할 수 있긴 있을 것 같으냐?"

"그야 모르는 일이지. 오대세가에서 남궁현만 참가한 것도 아니고, 게다가 구대문파에서도 둘이나 참가를 했으니……. 관여락이 아무리 남궁현을 손쉽게 이겼다고 해도 구대문파마저 넘을 수 있으리라고는 솔직히 장담할 수 없는 일 아니겠소? 물론 같은 구대문파라 해도 화산의 도진은 영 글러먹은 것 같아 보이긴 합디다만……. 역시 현재 가장 유력한 우승 후보라면 당연히 형산의 위서량일 테죠."

염장의 생각도 조충과 다르지 않았다.

염장은 재빠르게 손익을 따졌다.

관여락을 설득해 지금이라도 비무대회를 포기하게 하는 것이 나을지 아니면 다소의 위험부담이 있더라도 구대문파에 도전케 하는 것이 나을지, 관여락이 위서량을 꺾었을 때 얻게 될 이득과 그 반대일 때 감당해야 될 손해까지…… 그리해 내린 결론은 다소의 위험이 따르더라도 한 번 도전해 볼 가치가 있다는 거였다.

물론 남궁현을 꺾은 것 하나만으로도 이미 충분히 남는 장사였다. 굳이 모험을 할 필요는 없었다. 그만둔다면 실속을 챙길 만큼 챙긴 지금이 가장 적기였다. 상인의 차가운 가슴도 여기서 멈추라 하고 있었다.

하지만 사내로서의 뜨거운 가슴은 그 반대였다.

무엇보다, 비록 만에 하나일지라도 관여락이 위서량을 누르고 우승을 했을 때, 그리해 얻게 될 달콤한 열매는 너무 탐스러웠다. 그 유혹을 뿌리칠 수가 없었다. 아니, 뿌리치고 싶지가 않았다.

'혹여 우승을 못하더라도 그 상대가 구대문파의 제자라면, 패배가 오히려 훈장이 될 수도 있지.'

"관여락을 불러와."

마음의 결정을 내린 염장이 조충에게 그렇게 지시를 내렸다.

"어쩌시게요?"

"우선은 어떤 자인지 그것부터 알아봐야지."

그리해 염장과 관여락이 마주했다.

염장이 단도직입적으로 물었다.

"관 대협의 풍마곤이 천하사절, 아니, 천하오절의 무공이라는 것이 사실입니까?"

급하게 찾는대서 왔더니 엉덩이가 의자에 채 닿기도 전에 그렇게 물어온다. 더구나 질문이라기보다는 추궁에 가까운 태도였다.

관여락이 어이없다는 눈으로 염장을 보았다.

"단주님이 보시기엔 제가 거짓말쟁이로 보입니까?"

"거짓말쟁이로는 보이지 않지만, 수십 년 장사치 생활을 통해 깨달은 게 있다면 사람은 겉모습만으로는 알 수가 없다는 거지요."

"그럼 증좌라도 내놓아라 이 말씀입니까?"

"그리해 주실 수만 있다면 더 바랄 게 없겠지요."

염장이 능글맞게 웃었다.

관여락이 그런 염장을 여전히 어이없다는 눈으로 바라보았다. 한참 동안이나 그렇게 염장을 보던 관여락이 돌연 파안대소를 터트렸다.

"하하하하! 염가상단의 단주가 보통 심계가 아니란 소문은 들었지만, 설마 빤히 눈을 뜨고 있는데도 남의 코를 베어가려 할 만큼 무서운 분일 줄은 정말 몰랐군요!"

그렇게 한바탕 웃어젖힌 관여락이 염장의 눈을 똑바로 마주하며 물었다.

"내 풍마곤이 천하오절의 무공이란 증좌를 내놓으라는

건, 천하오절의 비급을 보여 달라 이거겠지요?"

"딱히 그런 것은 아닙니다만…… 달리 증좌가 없으시다면 그거라도……."

염장이 다시 능글맞게 웃었다.

이번엔 관여락도 따라 웃었다.

"그것 말고 달리 증좌란 것이 있을 리가 없죠. 그러니까 사실을 증명하려면 천하오절의 비급을 염 단주님께 보여드리는 수밖에 없다는 것인데…… 한데 말입니다. 세상에 어느 무인이 자신의 무공비급을 남한테 보여준답니까? 삼 푼 아니라 칠 푼을 감추어도 살아남기 어려운 무림에서 자신의 장사 밑천을 죄다 까발려 놓을 그런 멍청한 무인이 세상에 어디 있겠습니까? 단주님이 보시기에 제가 그렇게 멍청한 놈으로 보이십니까?"

"허나 그 외에는 달리 증명할 방법이 없지 않습니까?"

"그것도 웃긴 거죠. 왜 제가 그것을 단주님께 굳이 증명을 해야 하냔 말입니다. 단주님이 믿든 안 믿든 그게 저한테 무슨 상관이라구요? 안 그렇습니까?"

염장이 무림대회를 개최했다고는 하지만 그래 봐야 어차피 상인이다. 혹시 무림의 명숙이 무림인들을 대표해서 진실을 파악코자 한다면 그때는 또 모르지만 염장에게 공증을 받아야 할 이유는 전혀 없는 것이다.

관여락의 말은 사뭇 거칠었다.

염장이 불쾌해할 법도 했다.

하지만 정작 염장은 불쾌해하기는커녕 그의 말에 전적으로 공감한다는 듯이 크게 고개를 끄덕인다. 그런 염장의 얼굴은 어딘지 즐거워 보이기까지 했다.

당연히 관여락은 즐겁지 않았다.

"저를 떠보신 겁니까?"

"예. 한번 떠봤습니다."

관여락이 눈살을 찌푸리며 다시 물었다.

"이유가 뭡니까?"

"그야 천하사절을 천하오절로 만든 인물이 과연 어느 정도의 그릇인지 그걸 알아보기 위해서가 아니겠습니까?"

"그러니까 내가 몇 마디 꼬임에 홀라당 넘어가 버릴 만큼 아둔한 놈인지 아닌지 그게 알고 싶었다는 겁니까?"

"운이 좋아 천하제일곤협의 비급이라도 보게 되면 그야말로 횡재수가 열리는 거지요. 물론 그런 횡재수는 별로 기대도 안 했지만 말입니다. 허허."

관여락이 기가 막히다는 듯 염장을 본다.

그 눈빛이 부담스럽다는 듯 염장이 손을 내저었다.

"너무 기분 나쁘게 생각지는 마십시오. 놀리려는 마음은 전혀 없었습니다. 단지 앞으로 큰일을 도모하는 데 있어 얼마만큼의 힘이 되어주실 수 있을지 알고자 했던 것뿐입니다."

"큰일이라니요?"

"천하오절의 이름으로 문파를 세워 볼 생각입니다."

어차피 관여락도 알아야 할 일이었고 미적일 여유도 없었다. 물론 염장의 판단이야 어쨌든 관여락에겐 생뚱맞아도 너무 생뚱맞은 말이었다.

"문파를 세운다구요?"

"예. 그것도 무림사세에 비견되는 강력한 문파를 말입니다. 다른 비급의 주인들에게도 이미 말씀을 드렸고 그 분들의 뜻도 이미 어느 정도는 모아진 상태입니다."

"……."

무림사세에 비견되는 강력한 문파라니?

너무 갑작스럽고 놀라운 말이라서 농담인지 진담인지 먼저 염장의 표정부터 살피는 관여락이다.

입가에는 가볍다 싶을 정도의 미소가 걸려 있었지만 그 눈빛만큼은 더할 수 없이 진지했다.

농담 같지 않았다.

과연 제정신일까 싶기도 했지만 딱히 미친 것 같지도 않았다.

"그게 가능한 일이라 생각하십니까?"

"제가 설마하니 가능하지도 않은 일에 염가상단의 사활을 걸었겠습니까?"

관여락은 그러고도 한참을 더 염장의 얼굴에서 눈을 떼

지 않았다. 염장도 그런 관여락의 시선을 담담히 받아넘기고 있었다.

그렇게 한참이 지나고 관여락이 불쑥 물었다.

"그래서요?"

"그래서라니요……?"

"염 단주님이 보시기에 제 그릇이 어땠습니까?"

"오래 묵혀 두고 살펴도 알 수가 없는 것이 사람이라지만, 모름지기 큰 장사꾼이란 한 마디 말에도 상대의 그릇을 잴 수가 있어야 하는 법이지요. 제가 보기엔 적어도 다른 비급의 주인들에 비할 바는 아닌 듯싶습니다. 무공을 차치하고서라도 말입니다."

"그럼 새 문파의 수장은 마땅히 제가 되어야겠군요. 뭐 그렇다면 단주님의 뜻에 따르도록 하죠. 가문을 등지는 일이 저한테도 쉬운 일은 아니지만 대영웅을 담기에 신창문이 너무 좁아터진 것은 사실이고, 무림사세와 어깨를 견줄 만한 문파의 주인 자리라면 아무리 앞뒤 꽉 막힌 제 아버님이라 해도 더는 자식의 앞길을 막아서지는 않을 테니 말입니다."

그렇게 말하고는 짓궂은 표정으로 싱긋 웃어 보인다.

관여락의 그 같은 능글맞은 태도에 이번엔 염장이 어이없다는 듯 그를 본다. 순간 관여락이 크게 웃음을 터트렸다.

"하하하하! 농담입니다. 농담! 무림사세와 어깨를 견주어야 할 문파인데, 설마하니 제가 그렇게나 주제를 모를 리가 없지 않습니까? 언감생심 저 같은 놈이 꿈꿀 자리가 아니란 것쯤은 잘 알고 있습니다. 천하오절이라 하지 않고 천하오절의 이름이라 하셨으니 천하오절 본인들일 리는 없고, 그럼 그 역할을 할 만한 인물은 당연히 소문도 자자한 옥면신룡이 되겠군요. 아닙니까?"

천하오절의 이름으로 새 문파를 세운다는 그 말만으로 정확히 옥면신룡을 유추해 낸다.

똑바로 마주해오는 눈을 보며 염장은 관여락에 대한 평가를 '똑똑한'에서 '아주 똑똑한'으로 수정했다.

그렇게 아주 똑똑한 사내가 된 관여락이 조금은 진지해진 얼굴로 물었다.

"그래서 저는 몇 번째입니까?"

염장이 되물었다.

"뜻을 같이하시겠습니까?"

"옥면신룡의 바로 다음 자리라도 내어주시겠습니까?"

"옥면신룡의 다음 자리는 마땅히 천무구룡, 아니, 천무십룡의 자리입니다."

"그렇게 두루뭉술한 것, 별로 좋아하지 않습니다. 한날에 난 강아지 새끼들도 제각기 서열이 있기 마련 아니겠습니까?"

"그거야 어디까지나 관 대협에게 달린 거지요. 관 대협이 하기에 따라서 그들이 수하가 될 수도 있고 아니면 그 반대가 될 수도 있는 것이니까요. 설마하니 저더러 밑구멍까지 닦아 달라는 것은 아니겠지요?"

"이왕이면 밑구멍까지 닦아주시면 감사하겠습니다만…… 하하하하!"

관여락이 다시 호탕하게 웃었다.

자신감이 넘친다. 그것이 자만으로 보이지 않는 것은 그만큼의 그릇이라는 뜻일 것이다.

나쁘지 않았다. 거칠고 투박하고, 그러면서도 날카로운 그 모습이 여간 믿음직스러운 것이 아니었다. 생각지 않게 큰 대어를 낚은 기분이었다.

하지만, 관여락이 웃음을 그친 순간 염장은 관여락이 그의 낚싯대에 걸린 물고기가 아님을 깨달아야 했다.

"허나……."

웃음기를 싹 지워 버린 얼굴로 그렇게 운을 뗐다.

"단주님은 한 마디 말에도 저의 그릇을 잴 수 있으실지 모르지만 저는 그만한 안목을 가지고 있지 않아서 말입니다."

"그게…… 무슨 말씀입니까?"

"단주님의 그릇이 과연 어느 정도인지도 모르겠고, 염가상단이 과연 무림사세에 버금가는 문파를 세울 수 있을 만한 역량이 되는지도 그다지 믿음이 가지 않는다는 말씀입니다. 염 단주님의 말씀만 믿고 거기에 제 인생을 걸 수는 없지 않습니까? 더구나 만인지상 일인지하든, 일인지상 만인지하든 간에 누구 밑에서 일하는 건 도무지 체질에 맞지 않아서 말입니다. 나보다 어린 사람을 윗사람으로 섬기는 건 더더구나 그렇고 말입니다."

관여락의 말에 염장이 흠칫해서 물었다.

"옥면신룡을 아십니까?"

염장의 질문에 알 듯 모를 듯한 미소로 씨익 웃어주고는 자리를 털고 일어서는 관여락이다. 그리고 한 마디 덧붙였다.

"그럼에도 불구하고 기대는 하고 있겠습니다. 옥면신룡에게 기꺼이 머리를 조아릴 수 있을 만큼 그만한 역량을 보여주신다면, 그만한 가치를 제게 보여주신다면 그때는 제가 먼저 한 자리 내어달라 부탁을 드리도록 하죠."

그러고는 지체 않고 나가 버린다.

관여락이 나간 문을 멀뚱히 바라보고 있자니 한 방 먹은 것 같은 기분이었다. 낚시에 걸린 것은 관여락이 아니라 오히려 자신이었다는 생각마저 들었다.

하지만 그리 썩 나쁜 기분만은 아니었다.

'감히 나를 시험하려드는 영악함이라…… 게다가 그 배포하며…….'

천풍과 관여락, 이제야 뭔가 좀 그림이 그려지는 것 같았다.

'가능하면 내친김에 우승까지 해주면 더 바랄 게 없겠는데 말이야.'

인물됨을 보고 나니 까짓 못할 것도 없다 싶었다.

남궁현을 꺾었으니 다른 오대세가야 걱정할 필요 없을 테고, 결국 화산의 도진과 형산의 위서량이 문제였다.

'도진이야 논할 가치도 없으니 화산은 논외로 두고, 형산 정도라면 어떻게든 될 것도 같은데…….'

그러나 세상만사가 항상 생각한 대로만 흘러간다면 무슨 재미가 있겠는가. 변수가 있기에 흥미로운 것이고 사람들이 천하사절에 열광하는 것도 가정화된 현실에서 천하사절의 존재 자체가 변수이기 때문일 것이다.

이번에도 마찬가지였다.

비무대회를 한층 더 흥미롭게 만드는 변수가 있었다.

그리고 그것 역시도 어김없이 천풍에게서 비롯되고 있었다.

* * *

사우와 상무의 활약에 더해 천하오절의 충격적인 등장으로 무림대회의 열기는 걷잡을 수 없을 만큼 뜨거워지고 있었다. 그야말로 천하오절을 위한, 천하오절에 의한, 천하오절의 무림대회라고 해도 과언이 아닐 지경이었다. 어디서나 천하오절에 대한 이야기뿐이었다. 한 잔 술의 안주거리도 천하오절이었고 전쟁놀이에 한창인 동네 아이들의 골목대장 이름도 천하오절이었으며 심지어 아낙네들의 수다 거리마저도 천하오절이었다.

하지만 천풍만큼은 예외였다.

사우와 상무의 활약에 한껏 고무되기도 했고 관여락이 천하가 오절이었음을 선포했을 때는 그 역시 많이 놀랐었다. 하지만 그뿐이었다. 비무대회가 시작되고부터 지금까지 줄곧 그의 가장 큰 관심사는 도진이었다.

가뜩이나 나날이 사람들의 관심에서 멀어져 가던 차에 관여락의 등장으로 철저히 외면당한 채 완전히 잊혀진 존재가 되었지만 천풍만은 시종일관 도진을 보고 있었다.

도진의 망설임 가득한 그 검에서 눈을 뗄 수가 없었다.

그날도 그랬다. 사람들의 무관심 속에서 도진은 비무를 했고 천풍은 그것을 보면서 처음과 마찬가지로 답답해도 하고 아쉬워도 했다. 그리고 삭혀지지 않는 근질거림에 짜증도 냈다. 아니, 그날따라 더했다. 비무가 끝나고 처소로 돌아온 후에도 그 같은 불만들이 도무지 떨쳐지지가 않았다.

결국 참다못한 천풍은 그길로 도진을 찾아갔다.

금첩을 받지는 않았지만 도진 역시 화산파의 제자로 엄연히 초대를 받고 온 몸이기에 그 역시 염가상단 안에 머물고 있었다. 찾으려 하지 않았을 때는 전혀 몰랐는데 막상 알아보니 천풍이 묵고 있는 방과는 그야말로 지척에 있었다. 불과 두 개의 월동문만 지나면 되었다.

한데, 그렇게 답답한 마음에 도진을 찾아가 보니 거기에는 이미 그보다 앞서 온 선객이 있었다. 그리고 그 선객은 천풍도 익히 아는 얼굴이었다.

며칠 전 황학루에서 만났던 자였다.

'형산파의 제자라 했었던 것 같은데…….'

황학루에서 인사불성이 된 도진을 비웃고 무시하던 자들 중 유일하게 구대문파의 제자였던 사내. 하지만 구대문파라는 이름이 무색하게 가볍고 경박해 보였던, 거만하고 간사한 눈을 굴리던 사내…….

'위서량이라 했었지, 아마?'

멀찍이서 목격하게 된 두 사람 사이의 분위기는 당연하게도 그다지 화기애애해 보이지 않았다. 화기애애는커녕 도진을 대하는 위서량의 태도는 황학루에서보다도 더 거만하고 더 시건방져 보였다.

"대체 어디까지 구대문파의 얼굴에 먹칠을 할 셈이지?"

시비조로 툭툭 던져대는 말투 또한 다분히 깔보는 기색이 역력했다.

"그래도 제법 신수가 멀쩡해졌기에 조금이나마 기대를 했더니만 삼류 나부랭이들한테조차 창피를 당하는 꼴이라니…… 이건 추해도 너무 추하잖아. 대체 어디까지 갈 셈이야? 얼마나 더 창피를 당해야 직성이 풀리겠어? 대화산파의 제자가 그런 꼴사나운 검을 휘둘러대니까 무식한 것들이 천하사절이니 천하오절이니 하면서 우리 구대문파를 싸잡아서 깔보는 것 아니냔 말이야."

내용은 격분의 뜻이 담겨있었지만 말투는 별다른 고조가 없었다. 화를 낸다기보다는 어딘지 재밌어하는 느낌이었다.

"그래서 하고 싶은 말이 뭐지? 이쯤에서 일찌감치 포기라도 하라는 거냐?"

"포기? 하하! 아니지, 아냐. 완전히 내 뜻을 오해했구만. 이래 봬도 난 격려차 온 거라고."

"격려?"

"그래. 자네의 선전을 바라는 마음에서 응원차 온 거란 말이네."

위서량의 말을 들은 도진이 무슨 수작이냐는 눈으로 위서량을 본다. 천풍의 눈에도 호의로는 보이지 않았다. 아니나 다를까, 얼굴에는 비웃음이 가득했고 이어서 나온 위서량의 목소리에는 눈곱만큼의 호의도 섞여 있지 않았다.

"어설프게 애먼 놈한테 지지 말라는 말이야. 꼴사납든

어쨌든, 체면 따위 구겨지든 어쨌든 무조건 이기고 올라와. 내가 이런 같잖은 비무대회에 참가한 것은 오로지 네 녀석 하나 때문인데 나를 만나기도 전에 제멋대로 고꾸라져 버리면 그건 나한테 너무 도리가 아니잖아."

"그러니까 천하 무림이 지켜보는 앞에서 직접 밟아줘야 하니 그때까지는 이기고 올라와라?"

"그렇지."

"설마 나 하나 밟는다고 형산이 화산의 위로 올라설 수 있을 거라 생각하는 것은 아니겠지?"

"그럴 리가 있나? 화산일룡이 과거에나 화산일룡이었지 지금은 화산에서조차 내놓은 쓰레기인데, 고작 그런 쓰레기 하나 꺾는다고 형산이 화산의 위에 오를 수 있을 리가 없지. 나는 그저 확인시켜 주고 싶은 것뿐이야. 아직도 화산일룡에게 기대를 걸고 있는 자들이 더러 있더라고. '화산일룡이 정신만 차리면' 이라든지, 재능만 놓고 보자면 단연 최고라든지, 지난 십 년의 허비만 없었다면 소림의 혜광, 무당의 진현과 더불어 능히 신주육기(神州六驥)라 불리게 되었을 거라든지……. 웃기는 소리지. 현실은 시궁창인데 재능이니 뭐니 그딴 게 다 무슨 소용이야? 그래서 화산파의 도진이 얼마나 볼품없고 한심한 인간인지 이참에 똑똑히 보여주려고."

참 징그럽게도 질긴 녀석이다.

사사로운 공명심도 아니고 사문에 대한 충정도 아니다.

그저 지난 과거의 앙갚음이다.

도진은 위서량이 왜 자신에게 이토록 악감정을 가지고 있는지 사실 잘 알지 못했다. 오래전 구대문파의 어린 제자들과 같이 세상을 여행할 때부터 왠지 자신을 싫어했다는 것만 어렴풋이 기억이 날 뿐이었다.

돌이켜 보면 아마도 시기심이었던 것 같다.

무리들 중 대장처럼 행동하는 도진을 노골적으로 못마땅해 했었다. 어쩌면 굴욕이라 생각했었는지도 모른다. 그것이 시간이 흐르면서 퇴색하기는커녕 더해지고 더해져서 지금에 이른 것은 아닐까?

위서량은 그런 위인이었다.

나쁘게 말하면 속이 좁은 것일 테고 좋게 말하면 뚝심이 있다 하겠지만 사실 그마저도 별 관심이 없는 도진이다. 해묵은 악감정으로 딴에는 독하게 토해내는 말 또한 도진의 귀에는 그저 한여름 잠결에 앵앵대는 모기 소리만큼의 귀찮음 정도에 지나지 않았다.

천풍이 도진에게 인사조차 건네지 못하고 걸음을 돌린 것은 그 무렵이었다.

아무렇지 않게 인사를 건넬 분위기도 아니었고 그럴 만한 기분도 아니었다.

돌아서는 천풍의 표정이 그리 좋지 못했다. 도진에겐 한

여름의 모기 소리에 불과했지만 천풍에겐 그렇지 않았다.

쓰레기니 뭐니, 위서량의 한 마디 한 마디가 여간 거슬리는 것이 아니었다. 적어도 그가 아는 도진은 그런 소리를 들을 만한 사람이 아니었다. 적어도 위서량에게 그런 말을 들을 만큼 도진의 검은 그리 볼품없지도, 꼴사납지도 않았다.

이틀 전이었다. 스쳐가는 길에 위서량의 비무를 얼핏 보았었다.

그래, 얼핏이었다. 위서량의 검은 천풍의 관심을 끌어내지 못했다. 원래 형산의 검이 그러한 것인지, 아니면 위서량의 재주가 그것밖에 안 되는 것인지는 모르지만 위서량의 검에선 아무런 감흥도 느낄 수 없었다.

차라리 십 년 전 도진의 검이 나았다. 비록 힘도 부족하고 초식도 안정적이지 못했지만 거기에는 가슴을 두근거리게 하는 무언가가 있었다.

물론 지금의 도진에게선 두근거림보다는 답답함이 더 크게 느껴졌지만……. 그래서 더 안타깝고 위서량의 말이 그래서 더 분했다.

천풍은 그렇게 자신의 방으로 돌아와서도 분한 마음을 삭이지 못하고 있었다. 하지만 역시 위서량에 대한 분한 마음보다 앞선 것은 도진의 검에 대한 아쉬움이었다. 아니, 위서량에 대한 분한 마음이 그 아쉬움을 더욱 더 부추기고 있었다.

머릿속이 온통 이십사수매화검법에 대한 생각으로 가득 찼다. 자신으로 인해 비롯된 망설임이, 그 답답함이, 그 근질거림이 참기 힘들 만큼 커졌다.

그렇게 한참을 혼자 끙끙 앓아대다시피 하던 천풍이 무언가 결심을 하고 방을 나선 것은 그로부터 두 시진이 더 지나 이제 날이 어둑어둑해졌을 무렵이었다.

그리해 천풍이 한 일은 시전에 가서 지필묵을 구입하는 것이었다. 그것도 품에 한가득이 될 만큼 많은 양이었다. 거기다 송곳과 칼, 무명실까지 샀다.

그렇게 시전에서 구입한 물건들을 바리바리 싸들고 다시 자신의 처소로 돌아오는데 그 사이 오늘 하루 어쩐 일인지 안 보인다 싶던 추도향이 그를 기다리고 있었다.

"대체 이것들은 다 뭐죠?"

추도향이 의아히 물어왔다.

"아, 예. 책을 하나 만들어 보려구요."

"책이라뇨?"

추도향이 어리둥절한 표정으로 천풍을 보았다.

"뭐, 그냥 좀……."

그렇게 대충 얼버무리고 자신의 방으로 들어가 버리는 천풍이다.

당연히 잠자코 물러날 추도향이 아니었다.

무슨 일인가 싶어 뒤따라 들어가 보니 종이를 가지런히 깔고 먹을 가는 등 뭔가 자신만의 일에 몰두해 있다.

순간 머리를 스치는 것이 있었다.

"무슨 무공서라도 만들려는 건가요?"

"아, 예. 뭐……."

혹시나 했더니 아니나 다를까다.

순간 추도향이 눈을 빛냈다.

천풍이 만드는 무공서라면 그것은 곧 천하오절의 비급이다. 지금 그녀는 천하오절의 비급이 탄생하는 순간을 목격하게 된 셈이다.

그것은 천풍이 스스로 천하사절이라 밝혔을 때와는 또 다른, 아니, 그보다 훨씬 더 강렬한 느낌의 설렘이었다.

너무도 예상치 못한 상황에 그렇게 호기심으로 눈을 반짝이며 지켜보는데, 이윽고 표지용으로 쓸 두꺼운 종이에 일필휘지하여 제목을 휘갈긴다.

순간, 눈살부터 찌푸리는 추도향이다. 이건 한자가 아니라 숫제 상형문자라 해야 맞았다. 악필도 그런 악필이 없어서 살다 살다 난생 처음 보는 괴상한 글자였다.

그렇게 어이없어하던 추도향이 어렵사리 이십사(二十四)라는 글자라도 알아본 것은 그나마 그 글자가 읽기에 수월했기 때문이었다. 뒤이어 매(梅)라는 글자도 보였다. 읽었다기보다는 이십사라는 글자에서 자연스레 연상되었다는 게 맞았다.

'설마…….'

이십사(二十四)와 매(梅).

그녀가 알고 있는 무공 이름 중 그 두 가지가 같이 들어가는 무공은 하나뿐이었다.

"설마 지금 만든다는 무공서가 화산파의 이십사수매화검법은 아니겠죠?"

설마 했다.

"이십사수매화검법이 맞긴 합니다만……."

대수롭지 않다는 듯 멀뚱한 표정을 하는 천풍이다.

"정말 지금 만드는 무공서가 이십사수매화검법이라구요?"

"예. 뭐가 잘못되었습니까?"

뭐가 잘못되었냐, 라니?

"그럼 화산파의 비전인 이십사수매화검법을 알고 있다는 거예요? 어떻게요?"

"그야 오래전에 한 번 상대해 보기도 했고, 화산파의 그분께서 비무하시는 것을 요 며칠 동안 구경하기도 했고……."

"고작 그걸로 이십사수매화검법을 다 외웠다는 건가요? 무공서를 만들 만큼?"

"외웠다면 외웠다고 할 수도 있습니다만……."

천풍의 어정쩡한 대답에 기가 막혀 하는 추도향이다.

모든 무공이 다 그렇겠지만 특히나 화산의 검은 끊임없이 변화하고 쉴 새 없이 연환이 이루어지는 검법이다. 수백 가지의 동작이 톱니바퀴처럼 맞물려서 움직이지 않으면 초식을 끝까지 마칠 수도 없다. 다시 말해 흉내를 낸답시고 어설프게 따라한다 해도 따라할 수 있는 무공이 아닌 것이다.

한데, 고작 며칠 비무를 구경한 것으로 그것을 다 외웠다니?

게다가 무공서까지 만들겠다니?

그야말로 얼토당토않은 일이었다.

화산파의 사람이 이 같은 말을 들었다면 허풍선이도 그런 허풍선이가 없다며 콧방귀를 뀌거나 화산파를 모욕했다고 칼을 뽑아들었을 것이다.

만일 천풍이 천하오절이란 것을 몰랐다면 그녀 역시도 별반 다르지 않았을 것이다. 하지만 그녀는 천풍이 천하오절인 것을 알고 있었다. 그리고 천하오절이라면 어쩌면 가능할지도 모른다고 저도 모르게 납득을 하고 있었다.

지금 그녀의 마음에 들어찬 것은 불신이 아니었다.

오히려 어떤 기대와 떨림으로 천풍을 보고 있었다.

그도 그럴 것이 보잘 것 없는 삼류무공이 천풍의 손을 거치자 지금 이렇듯 천하를 뒤흔들고 있다. 보잘 것 없는 삼류무공조차 절세의 비급으로 만들어 버리는 그 힘이 최상승의 무공에 닿는다면 과연 그 무공은 어떻게 변할까?

생각이 거기에 미치자 소름이 돋았다. 무서우리만치 섬뜩한 기대감이 모골을 송연케 했다.

제9장

천하오절표 이십사수매화검법

천극의 서

과거 삼류무공서를 만들 때의 일필휘지와는 달리 천풍의 붓놀림은 신중했다. 그때는 첫 기수식부터 마지막 마무리까지 머릿속에 또렷이 기억하고 있었지만 지금은 그러지 못한 까닭이었다.

사실 이십사수매화검법을 다 외웠다는 것은 틀린 말이었다. 그가 기억하고 있는 것은 초식마다의 동작이 아니라 어디까지나 결이었다.

결은 눈으로 보고 머리로 기억하는 것과는 조금 달랐다. 비록 눈을 통해 보지만 마음으로 느끼는 것이었고 마음에 새겨지는 것이었다.

그래서일까? 한 번 본 결은 시간이 지나도 좀처럼 퇴색되거나 흐려지지 않고 선명하게 남았다. 도진의 이십사수매화검법 또한 마찬가지였다. 다시 말해 천풍은 지금 결을 통해 이십사수매화검법의 동작들을 연상하고 그것을 다시 종이에 옮겨 적고 있는 것이다.

'매화토염(梅花吐艶)은 물 흐르듯 부드럽게 이어가서 매화접무(梅花蝶舞)보다 삼 푼을 깊게, 아니 두 푼 반인가?'

그렇게 동작 하나하나를 신중히 되짚어가며 하얀 종이에 붓을 놀리는 천풍의 모습은 참으로 즐거워 보였다.

처음에는 그저 답답한 마음에 뭐라도 해보자는 심정으로 택한 것이었다. 배운 게 도둑질이라고 아쉬움과 근질거림을 책으로라도 해소하면 그나마 답답함이 좀 가실 것 같아서 시작한 일이었다.

시전에서 재료들을 구입할 때도 별다른 감흥이 없었다. 하지만 막상 방으로 돌아와 한지를 깔고 먹을 갈다 보니 그때의 기억이, 그때의 설렘이 새록새록 떠올랐다. 그 후부터는 처음의 목적은 상관이 없게 되어 버렸다.

그저 재밌었다. 이십사수매화검법을 되짚으며 한 초식 한 초식 알아가는 것도, 그것을 종이에 옮겨 적는 것도, 그리해 완성된 종이가 한 장 한 장 쌓여가는 것도.

옆에 추도향이 있다는 것조차 잊을 만큼 그렇게 책 만들기에 빠져 있던 어느 순간이었다. 천풍은 문득 어찌 보면 단순하다고도 할 수 있는 이 작업이 과거 황산사에서 책을 만들 때와는 다르다는 것을 깨달았다.

그 차이는 이십사수매화검법과 삼류무공이 근본부터가 다르다는 데서 비롯되고 있었다.

삼류무공은 그저 허점만 지우면 되었다.

정말로 간단하고 단순한 작업이었다.

한데, 이십사수매화검법은 그리 간단치가 않았다. 눈앞에 드러난 허점을 지운다고 그것이 완전해지는 것이 아니었다. 앞뒤 초식의 연계와 변화에 따라 허점이었던 것이 허점이 아니게 되기도 하고 허점이 아니었던 것이 또한 허점이 되기도 한다. 거기다 이건 마치 양파 껍질 같았다. 결을 지우면 그 아래에 다른 결이 나타나고 다시 그 결을 지우면 그 아래에 또 다른 결이 나타난다.

아니, 그것은 단지 초식이라는 느낌이 아니었다.

다른 세계라는 느낌이었다.

그만큼 광활하고 신묘한 세계가 초식 하나하나에 층층이 이어져 있었다.

이십사수매화검법은 하루아침에 생겨난 것이 아니었다. 수백 년의 세월을 거치며 화산파 수십 대에 걸쳐서 갈고 닦여진 것이었다. 당연하게도 그 속에는 선대의 깨달음들이 겹겹이 덧대어져 있었고 천풍은 지금 그것을 보고 있는 것이었다.

물론 천풍은 그러한 것까지 자세히는 알지 못했다. 그저 눈앞에 펼쳐지는 세계가 신기했고 무수한 변화들 속에서 나타났다 사라졌다를 반복하는 결들이 재미있어서, 마치 숨바꼭질을 하듯 그 결들을 찾아가는 놀이가 즐거웠다.

이십사수매화검법은 그에게 있어 새로운 장난감이었다. 삼류무공을 가지고 놀 때와는 차원이 다른 재미가 거기에 있었다. 상승의 무공이라는 것이 얼마나 재밌고 얼마나 매력적인 것인지 처음으로 깨달아가고 있었다.

그렇게 천풍이 자신만의 놀이에 빠져있는 동안 그것을 지켜보고 있는 추도향은 황당하다 못해 어이가 없을 지경이었다.

'저건 몰아(沒我)……잖아?'

나를 잊고 세상을 잊어 진정으로 자유로운 세계……. 무인에게 있어 그것은 깨달음의 전조다. 아니나 다를까, 눈빛이 달라지고 있었다. 완성된 종이가 한 장 한 장 늘어갈 때마다 천풍의 눈은 딱 그만큼 깊어지고 있었다.

'난데없이 깨달음이라니?'

아니, 갑작스러워서 어이없는 것이 아니라 그 과정이 어이가 없었다.

어차피 깨달음이란 것은 갑작스럽게 찾아오기 마련이다. 뛰어난 인재들이 모여 있는 도문이기에 깨달음의 순간을 목격한 것이 이번이 처음도 아니다. 자신 또한 끊임없이 깨달음을 갈구해왔고 그리해 크고 작은 깨달음을 통해 지금껏 성장해 왔다.

하지만 참선도, 수련도 아닌 집필을 통한 깨달음이라는 건 정말이지 듣도 보도 못한 일이었다.

'문사(文士)도 아니고…….'

이 같은 깨달음은 전설의 명필인 왕희지나 시선(詩仙) 이태백에게나 어울리는 것이 아닌가? 한데도 왠지 천풍답다 생각이 드니, 자신이 이상한 건지 천풍이 이상한 건지 모르겠다.

어쨌거나 그렇게 추도향이 지켜보는 가운데서, 천풍은 스스로의 변화조차 자각하지 못한 채 집필에 매진했다.

아니, 집필에 매진한 정도가 아니라 미쳐 있었다고 하는 게 맞았다. 식음 전폐는 물론이고 잠 한숨 자지 않고 책 만들기에만 몰두했다. 시간 가는 줄도 몰랐고 밤낮이 바뀌는 것도 인식하지 못했다. 덕분에 그를 지켜보는 추도향도 덩달아 밥을 먹는 둥 마는 둥 해야 했고 거의 매일을 뜬 눈으로 밤을 지새워야 했다.

사실 천풍이야 자신이 좋아서, 또 신명이 나서 하는 일이라 힘든 줄도 몰랐지만, 혹여라도 천풍의 작업에 방해가 될까 숨죽이고 있어야 했던 추도향에겐 그야말로 고욕과 인내의 시간이었다. 그나마 역사적인 순간을 놓칠 수 없다는 사명감과 처음 모골을 송연케 했던 무서우리만치 섬뜩

한 기대감이 아니었다면 이미 골백번도 더 방문을 박차고 뛰쳐나갔을 것이다.

그렇게 꼬박 사흘이었다. 꼬박 사흘을 매달린 끝에서야 드디어 이십사수매화검법의 마지막 초식인 매화만리향(梅花萬里香)에 마침표를 찍는 천풍이다.

그 이후는 일사천리였다. 오래도록 손을 놓고 있었지만 종이를 묶어 책으로 엮어가는 손놀림은 여전히 거침이 없었다.

그렇게 완성된 책이 그의 앞에 놓여졌다.

이십사수매화검법(二十四手梅花劍法).

악필인 글씨만큼이나 그것은 더 이상 화산파의 것이 아니었다.

그렇다고 엄연히 화산파가 그 뿌리인데 천풍의 것이라 할 수도 없었다.

굳이 구분을 짓는다면 '천하오절표 이십사수매화검법'이라 하는 것이 가장 적합할 것이다.

어쨌든 그로써 한바탕 신났던 놀이는 끝이 났다.

지난날 황산사에서 책을 완성시켰을 때와는 기분이 많이 달랐다. 그때는 가슴 벅찬 뿌듯함으로 마냥 즐거웠다면 지금은 놀이가 끝나 버린 것이 그저 아쉽고 섭섭했다. 거기에 마음을 다 쏟아 버린 때문인지 가슴에 구멍이라도 난 듯이 허허롭고 휑하니 찬바람도 불었다.

잠시 혼자만의 감흥에 젖어있던 천풍이 이내 '천하오절표 이십사수매화검법'을 손에 들고 자리에서 일어섰다. 그 길로 천풍이 향한 곳은 다름 아닌 도진의 처소였다.

하지만 그 시각 도진은 자신의 처소에 없었다.

그날도 여느 날과 마찬가지로 비무대 위에서 한 수 아래의 상대와 치열한 공방을 이어가는 중이었다.

* * *

도진은 기진맥진해 있는 상대를 보며 쓴웃음을 베어 물었다.

귀주(貴州) 초운방의 소방주 이낙현(李珞炫)이라 했다.

귀주 초운방…… 솔직히 들어 보지 못했다. 견식이 부족해서라기보다는 그만큼 이름 없는 문파라는 뜻이다.

그런 문파의 소방주가 오늘까지 살아남아 이렇듯 자신과 상대하고 있다는 것만으로도 충분히 대단한 업적이다. 초운방의 명성은 물론이고 스스로의 이름을 천하 무림에 확실하게 새겼다.

허나, 단지 실력만 놓고 본다면 여기까지 올라올 실력은 아니었다. 대진 운이 좋았다. 물론 운도 실력이니 그 성과를 폄하할 생각은 없지만 주제를 몰라서 의욕이 너무 충만한 것이 문제라면 문제였다.

'그 정도면 만족할 법도 하건만…….'

지나치게 필사적이다.

아주 죽기 살기로 덤빈다.

연이은 승리에 사기가 충천한 것도 이유 중 하나지만 무엇보다 그를 필사적이게 하는 것은 도진이 화산파의 장문제자라는 사실이다.

다른 때라면 감히 쳐다도 못 볼 존재다. 밤하늘의 별처럼 까마득한 존재가 지금 바로 눈앞에 있다. 한데, 막상 칼을 맞대 보니 별처럼 까마득한 존재가 아니다. 괴물도, 귀신도 아니다. 자신과 같은 사람이다.

넘어뜨릴 수 있다. 이기지 못할 것도 없다.

작은 희망은 점점 부풀려져 자신감이 되고 자신감은 또한 희망을 키워 꿈을 만든다.

화산파 장문제자를 이긴다.

그로 인해 얻게 될 부와 명예는 중요치 않았다.

그저 도진을 이긴다는 것, 절대로 불가능할 것만 같던 일이 현실이 된다는 것, 그것 하나만으로 그는 사력을 다해 검을 휘두르고 있는 것이다.

'해볼 만하다…… 라는 건가?'

저도 모르게 한숨이 나오는 도진이다.

새삼스러울 것도 없다. 비무대회가 시작된 후로 지금까지 상대했던 자들 모두가 단 하나의 예외도 없이 저런 눈빚을 했었다.

'내가 지금 여기서 뭘 하고 있는 건지…….'

자신을 얕잡아 보는 이낙현에 대한 분노보다 스스로에 대한 회의가 먼저 든다.

그가 비무대회에 참가를 한 것은 오직 천풍 때문이었다. 혹시 천풍도 비무대회에 참가할지 모른다는 기대로 참가 신청을 했고, 참가자 명단에 천풍이 없는 것을 확인하고는 차후에 천풍과 다시 만날 때를 대비해 실전을 통해 무뎌질 대로 무뎌진 감각을 조금이라도 더 끌어올려두자는 생각이었다.

하지만 자신의 상태가 스스로 생각한 것보다 훨씬 더 좋지 않음을 깨닫기까지는 그리 오래 걸리지 않았다. 자신의 검은 단지 무뎌진 것이 아니었다.

뜻도 잃었고 길도 잃었다.

무뎌진 감각을 끌어올리긴커녕 비무가 거듭될수록 혼란만 가중되고 대체 자신의 검이 어디로 향하고 있는지, 자신이 검을 통해 보고자 했던 것이 무엇이었는지, 또한 천풍에게서 무얼 보고자 했었는지 그마저도 알 수 없게 되어버렸다.

대진 운이 좋은 것은 비단 이낙현만이 아니었다.

정말로 운이 좋은 것은 도진 자신이었다.

만일 능씨세가의 능자운이 첫 상대가 아니었다면, 지금

의 상대가 이낙현이 아니라 능자운이었다면 분명 처음과는 정반대의 결과가 나왔을 것이다.

고작 이낙현을 상대로도 쉽게 승부를 결정짓지 못하고 이렇듯 고전에 고전을 거듭하고 있으니 말이다. 고작 저런 젖내 나는 애송이에게 희망이나 보여주고 있으니 말이다.

그런데도 아직도 검이란 놈에게 마음을 끊지 못하고 있다.

'나란 놈도 참 지독히도 미련한 놈이지.'

검을 들어올렸다.

고작 목검인데도 바윗장처럼 무겁다.

기진맥진해 있는 이낙현보다도 더 지쳐 있는 것이 지금 도진의 상태였다. 위서량의 말마따나 추태였고 망신이었다. 화산파의 이름에 먹칠을 하고 있었다. 그럼에도 끝끝내 검을 놓지 않는 것은 자학과도 같은 오기 때문이었다.

비무대회에 참가한 자들이 스스로 어디까지 해낼 수 있는지 그것을 시험하고자 하는 것이라면 도진은 어디까지 망가질 수 있는지, 이왕 망가진 거 밑바닥까지 가 보자는 마음이었다.

그것은 스스로에 대한 분노이기도 했고 세상에 대한 원망이기도 했으며, 또한 그저 자포자기한 심정이기도 했다. 도진은 그렇게 마지막 기력까지 끌어올려 이낙현을 향해 신형을 날렸다.

도진과 이낙현의 비무는 그야말로 진흙탕 싸움에 다름 아니었다. 화산파의 화려한 초식과 현란한 움직임은 사라진 지 오래였고 도전자의 넘쳐나던 패기와 기백도 더는 없었다. 그야말로 단순 무식한 칼질의 연속이었다. 그리고 그 단순 무식한 칼질 속에서 결국 승리를 거머쥔 것은 도진이었다.

지치고 지친 끝에 화산파 장문제자를 상대로 이 정도면 할 만큼 했다고 스스로 만족해 버린 이낙현과 체면 같은 것은 다 집어치우고 한번 밑바닥까지 가 보자는 오기와 집념 하나로 버텨낸 도진, 그 차이가 승패를 가른 것이었다.

하지만 필사적이고 처절한 승부였음에도 불구하고 박수도 갈채도 없었다. 박수와 갈채는커녕 실망과 불만만 가득했다.

화산파 장문제자에 대한 소문이야 익히 들어 알고 있었다. 그럼에도 비무대회에 참가했다는 소식을 접했을 때는 기대를 했었다. 어차피 소문이란 것은 부풀려지기 마련이고, 적어도 화산파의 장문제자라면 마땅히 그에 걸맞는 실력을 갖추었으리라 그리 믿었다.

하지만 비무대회가 시작되고, 직접 눈으로 확인하게 된 화산파 장문제자의 실력은 정말이지 기대 이하였다.

졸전에 졸전을 거듭하는 그 모습은 무림에 떠도는 소문 그대로였다. 아니 오히려 소문이 부족하다 싶을 정도로 형편없었다.

그럼에도 일말의 기대만큼은 버리지 못하고 도진의 비무를 꼬박꼬박 찾은 것은 화산파라는 이름이 가진 무게 때문이었다. 화산파라는 이름 하나가 참담한 졸전의 와중에도 '썩어도 준치'라는 말을 떠올리게 했던 것이다.

그러나 그것도 오늘까지였다. 그래도 화산파의 장문제자가 아니냐며 지금까지 도진을 응원해 주던 몇몇조차 이제는 다른 사람들과 별반 다를 것 없는 눈으로 도진을 보고 있었다.

썩은 고기는 결국 썩은 고기일 뿐이다.

그렇게 차가운 체념으로 마음을 돌리고 있었다.

물론 도진에겐 관심 밖의 일이었다.

그러한 시선들이 별반 특별할 것도 없었다.

수천 수만에서 그저 몇 개가 더해졌을 뿐이다.

지금 도진의 모든 관심사는 비무대 계단을 내려가는 일에 집중되어 있었다. 그냥 서 있는 것만으로도 다리가 후들거릴 지경이라 채 열 개도 되지 않는 계단이 마치 깎아지른 기암절벽처럼 까마득하게 느껴질 지경이었다.

아무리 체면 따위 도외시했다지만 이 많은 구경꾼들 앞에서 계단에서 굴러 넘어지는 창피만큼은 피하고 싶었다.

반갑지 않은 목소리가 귀를 파고든 것은 그렇게 혼자만의 힘겨운 사투 끝에 무사히 계단을 내려왔을 때였다.

“정말이지 목불인견이 따로 없으시더구만.”

그렇게 말하며 도진의 앞을 막아선 것은 위서량이다.

“어떻게 된 것이 나날이 좋아지긴커녕 갈수록 엉망이 되어 가는지……. 모르는 사람이 보고 화산파의 검이 원래 그것밖에 되지 않는다 오해라도 할까 걱정이구만.”

심히 걱정스럽다는 투로 말은 하지만 입가에는 한껏 비웃음을 머금고 있다.

“그래도 여기까지 용케 올라온 것만은 칭찬해 주지. 덕분에 모처럼 의욕이 생겼어. 기운도 나고 기대도 되고…… 벌써부터 조급증이 나니 말이야. 내일 우리 한번 신나게 놀아 보세나. 자네의 검이 조금 더 날카로워진다면 재미가 한층 더할 테지만 오늘 꼬락서니를 보니 그건 좀 무리인 것 같고, 차라리 내가 한 수 접어주는 게 나으려나? 십 초를 양보한다든지 팔 하나를 묶는다든지……. 음, 그건 좀 심한가? 아니지, 아니야. 둘도 없는 친우의 부탁인데 그보다 더한 것도 못 들어줄까? 안 그런가, 도진? 하하하!”

호탕하게 웃어젖히는 위서량을 보며 도진은 그제야 내일의 상대가 위서량인 것을 알았다.

지금까지 대진 상대가 누구인지 확인하고 비무대에 오른 적이 없었다. 당장 오늘의 상대가 이낙현인 것도 몰랐으니 내일의 상대가 누구인지도 당연히 모르고 있었다.

‘그럼 이것도 내일로 끝이겠군.’

아무리 사람이 경박한 위인이라고 해도 위서량은 형산파의 장문제자였다. 재능만 놓고 따져도 구대문파의 차기들 중 수위를 다투는 데다, 도진과는 달리 지난 십 년을 허투루 낭비하지도 않았다. 상대가 위서량이라면 요행수조차 바랄 수가 없다.

내일로 끝이다. 비무대회뿐만 아니라 화산파 장문제자라는 허울도, 화산일룡이라는 허명도, 어쩌면 무인으로서도 마지막이 될지도 모른다.

그런데도 조금의 아쉬움도 없다.

차라리 잘되었다.

그렇잖아도 그 모든 것들이 지긋지긋했던 참이다.

이제는 천풍의 검을 보겠다는 처음의 마음도 왠지 시큰둥해진 상태였다.

그저 하나 바라는 것이라면, 이왕지사 내일이 마지막인 거라면 아직도 마음에 남아 있는 검에 대한 한 줌의 미련마저도 모두 떨쳐 버릴 수 있도록 위서량이 자신을 철저하게 밟아줬으면 하는 거였다.

정말이지 머릿속이 하얗게 변할 정도로, 만신창이가 되도록 깨지고 부서진 끝에 그리해 무림도 화산도 검도 모두 지울 수 있다면 적어도 잃어버린 웃음 한 자락은 다시 찾을 수 있지 않을까?

그때까지도 위서량의 깐죽거림은 계속되고 있었다.

늘 그래왔듯 무시했다. 다시 뭐라 뭐라 깐죽의 강도를 높여왔지만 그마저도 무시하고 잠시 멈췄던 걸음을 다시 옮겼다. 지금은 일일이 상대해 줄 기력도 없었다. 몸이 피로하면 귀까지 멀어지는 것인지 몇 발짝 내딛자 지겹고 짜증나는 목소리가 이젠 잘 들리지도 않았다.

그렇게 지친 걸음을 힘겹게 내딛어 자신의 처소로 돌아오는 길이었다. 한데, 어쩐 일인지 자신의 처소 앞에서 이리저리 서성이는 사람 하나가 있었다. 그것이 천풍임을 깨닫기까지는 그리 오래 걸리지 않았다. 하지만 그 만남이 너무 뜻밖이었던 때문인지 그 순간 떠오른 것은 반가움이 아니라 의아함이었다.

"여긴 어쩐 일로……?"

도진이 천풍을 보며 의아해하는 것과는 달리 도진을 본 천풍의 얼굴엔 반가운 기색이 역력했다. 그도 그럴 것이 무려 두 시진이 넘도록 기다린 참이다.

책을 만드는 동안은 그 재미에 빠져서 시간이 어떻게 가는지도 몰랐지만 자그마치 사흘 동안 잠도 자지 못했고 밥도 먹지 못했다. 도진을 지루하게 기다리다 보니 사흘간의 졸음과 허기가 한꺼번에 밀려들었다.

눈꺼풀은 천근만근이고 뱃속의 아귀들은 무심한 주인을 향해 난리를 쳐댄다.

이대로 그냥 돌아갈까?

책만 놓아두고 가 버릴까?

몇 번이나 갈등을 했는지 모른다.

곧 오겠지, 곧 오겠지 그렇게 무려 두 시진을 참은 끝에야 오매불망 기다리던 도진을 보게 되었으니 그 반가움이야 오죽할까.

그런 천풍을 보며 도진이 다시 의아히 물었다.

"혹시…… 이제 준비가 되신 겁니까?"

그 의아함 속에는 기대가 담겨 있었다.

'준비……?'

이번엔 천풍이 어리둥절한 표정이다. 그러다 문득 전날 취옥선에게 했던 말을 떠올리고는 의아함 속에 담긴 기대의 정체를 알았다.

'지금은 제가 아직 준비가 되지 않았습니다. 아직은 준비가 되지 않았지만 언제고 준비가 되면 반드시 제가 먼저 비무를 청할 것이라고 그분께 전해주십시오.'

황학루에서의 석연치 않았던 비무가 있은 후, 취옥선에게 그리 말했었다. 도진의 지금 저 기대도 결국 천풍과의 비무에 대한 기대였다. 하지만 안타깝게도 아직은 도진의 기대에 부응할 수 있는 상태가 아니었다. 여전히 두 번째 벽이란 놈은 그의 앞에 굳건하게 버티고 있었다.

천풍이 급히 고개를 저었다.

"아닙니다. 그 때문에 온 것이 아니라 이것을 전해드리려고……."

그리 말하며 지난 사흘 동안 잠도 안 자고 식음을 전폐하며 만든 책을 도진에게 내밀었다.

"이게 뭡니까?"

도진이 책을 받아들고도 의아한 기색을 지우지 않는다. 심지어 제목을 보고서도 그것이 이십사수매화검법이라는 것을 알아차리지 못하고 있었다.

"아니 그게, 한 번 만들어는 봤는데 도움이 되실지 어떨지……."

"도움이라니요?"

대체 이 책이 뭐기에 자신에게 도움이 된다는 것일까?

도진이 더욱 의아해하며 새삼스런 눈으로 책을 보았다.

괴상한 글씨체……. 한껏 눈살을 찌푸리며 표지의 여덟 글자를 한 글자 한 글자 어렵게 읽어가던 어느 순간, 그제야 그것이 이십사수매화검법인 것을 알아차리고는 눈을 휘둥그레 뜬다.

"이십사수매화검법……."

이십사수매화검법이라니? 어째서 책 표지에 그 같은 이름이 적혀 있는 것일까?

영문을 모르겠다는 얼굴로 천풍을 보자 천풍이 뒷머리를 긁적였다.

"기억나는 대로 적어 보긴 했습니다만 바르게 적었는지는 잘 모르겠습니다."

"그럼 정말 이 책이 이십사수매화검법이란 말씀입니까? 화산파의?"

"예. 뭐…… 조금 다르긴 하겠지만……."

"화산파의 이십사수매화검법을 대체 어찌 알고……?"

"그냥 오래전에 한 번 겨뤄 보기도 했었고 이번에 비무하시는 것도 수차례 보기도 했고……."

"……?"

도대체가 갈수록 미궁이다. 도무지 무슨 말을 하고 있는 건지 모르겠다.

지금 손에 들린 책이 화산파의 독문무공이자 비전절기인 이십사수매화검법을 적은 것이라니?

동작을 익히는 데만도 수년이 걸리는 상승의 무공을 고작 몇 번 본 것만으로 책으로 엮어냈다니?

농담으로밖에 들리지 않았다. 아니면 장난이든가.

농담이라면 도가 지나친 것이고 장난이라면 무례도 그런 무례가 없다. 하지만 지금 천풍의 얼굴에선 농담이나 장난스러움은 전혀 찾아볼 수 없었다.

여전히 영문을 모르겠다는 눈으로 천풍을 보던 도진이 이윽고 책장을 펼쳤다. 농담인지 장난인지, 아니면 믿기지는 않지만 그 터무니없는 말이 정말로 사실인지는 직접 확인해 보면 될 일이다.

책장을 펼치자 먼저 여러 동작들이 그려진 그림이 보였고 그 옆에는 표지의 글씨와 별반 다를 것 없는 글씨들이 깨알처럼 적혀 있었다.

글씨는 엉망이었지만 그림은 제법 그럴 듯했다. 매화노방으로 시작되는 것도 그렇고 동작들도 나무랄 데가 없이 정확했다.

'이게 대체……?'

설마 하는 마음으로 책장을 넘기던 도진이 눈을 부릅떴다.

거기에 적혀 있는 것은 정말로 이십사수매화검법이었다.

처음은 놀람이었고 다음은 당혹감이었다.

머릿속은 온통 의문들로 뒤죽박죽이 되어 버렸다.

하지만 그러한 혼란은 잠깐이었다.

"이, 이건……!"

놀람과 당혹감으로 부릅떠진 눈동자가 일순 격렬하게 흔들렸다.

분명 이십사수매화검법인데 어딘가 달랐다.

처음에는 천풍이 잘못 적은 거라 생각했다. 고작 몇 번 본 것만으로 이십사수매화검법을 책으로 엮어냈다는 것 자체가 애당초 어불성설이었다.

그렇게 생각했다.

그러나 아니었다.

천풍이 잘못 적은 것이 아니었다.

거기에 적힌 이십사수매화검법이 틀린 것도 아니었다.

도진이 알고 있던 이십사수매화검법과 그저 조금 다를 뿐이었다. 그리고 그 조금의 차이가 그 순간 도진을 경악케도 했고 뜨겁게도 했고 미치도록 흥분케도 했다.

"아……!"

그것은 지난 십 년 동안 도진이 그토록 보고 싶어 했던 것이었다.

착각하고 있었다. 지난 십 년간 그가 그토록 보고 싶어 했던 것은 천풍의 검이 아니었다. 지난 십 년간 그를 방황케 했던 것 또한 천풍의 검이 아니었다. 허점을 파고들던 그 괴상한 검이 아니라 그로 인해 드러난 이십사수매화검법의 허점이 그를 방황케 했고, 그럼에도 자신은 그것을 볼 수 없다는 것에 좌절했던 것이었다.

그랬다. 도진이 정말로 보고 싶어 했던 것은 천풍의 검이 아니라 완전무결해진 이십사수매화검법이었다. 그리고 지금 그토록 간절히 원했던 것이 그의 손안에, 천풍이 건넨 책 속에 있었다.

"아, 아……!"

그렇게 빠져들었다. 눈도, 마음도, 사고도 오직 책 하나에만 고정되었다. 어떠한 잡것도 지금 도진에겐 들어오지 않았다. 심지어 천풍이 곁에 있는 것도 잊었다.

그런 도진을 보며 천풍이 다시 머리를 긁적였다.

자세히는 모르지만 지금 이 순간을 방해해서는 안 된다는 것 정도는 알았다. 또한 지금 이 순간이 얼마나 오래 지속될 지 기약할 수 없다는 것도 알았다. 그리해 더는 기다리지 않고 걸음을 돌렸다. 전해줄 것은 전해줬으니 어차피 할 일은 마쳤다. 이제 남은 것은 돌아가서 천근만근인 눈꺼풀을 쉬게 해주는 것뿐이다.

그렇게 천풍은 떠났지만 도진은 그마저도 인식하지 못했다.

천풍이 책을 만들며 몰아지경에 빠졌던 것처럼 도진은 책을 읽으며 그렇게 몰아지경에 빠져 들었다.

* * *

얼마나 시간이 지났는지 모르겠다. 문득 정신을 차려 보니 주위는 별반 달라진 것이 없었다. 날은 여전히 환했고 선선한 가을바람도 그대로였다.

하지만 달랐다. 선선한 바람 속에 스며있는 맑고 촉촉한 감촉도 그랬고 유난히 소란스러워진 산새들의 지저귐도 그랬다. 무엇보다 서산 하늘에 걸려 있던 해가 지금은 동녘 하늘에서 올라오고 있었다.

어느새 하루가 지난 것이다. 그 자리에서 하룻밤을 지새운 것이다.

한데, 어제만 해도 서 있기조차 힘들 만큼 지쳐 있었건만 지금은 온몸에 기운이 흘러넘쳤다. 졸리지도, 피로하지도 않았다. 물먹은 솜처럼 무겁던 몸도 어느새 새털처럼 가벼워져 있었다. 십 년 전 그날 이후로 항상 안개가 낀 것마냥 뿌옇기만 하던 머릿속도 맑게 개어 있었다.

변했다. 그래, 변한 것이다. 십 년 동안 채워져 있던 지긋지긋한 족쇄를 드디어 풀어 버린 것이다.

지난 십 년이 주마등처럼 스쳐가고 가슴이 터질 듯이 벅차올랐다. 목이 메었다. 눈시울이 붉어졌다. 하지만 그러한 감격의 순간에도 먼저 떠오른 것은 천풍이었다.

급히 주위를 둘러보았다. 그제야 천풍이 사라진 것을 알았다.

여러 감정들이 뒤엉켰다. 말로는 다할 수 없는 고마움도 있었고 아무리 생각해도 알 수 없는 의문도 있었다. 그리고 아직도 채 다 가라앉히지 못한 놀람도 있었다.

만나야 했다. 그를 만나면 무슨 말부터 해야 할지는 모르겠지만 일단은 천풍의 얼굴을 봐야 했다. 하지만 천풍을 찾아 그렇게 걸음을 떼어 놓던 도진은 생각지 못한 방문객으로 인해 천풍과의 만남을 잠시 뒤로 미뤄야 했다.

"어딜 가는 게냐?"

그렇게 도진의 앞을 막아선 것은 화산파 장문인을 대신해서 무림대회에 참석한 화산파 장로 유한검(有恨劍) 관사홍(關思弘)이었다.

"사숙님께서 여긴 어쩐 일로……?"

뜻밖이었다. 소주에 도착한 이후로 도진을 한번도 찾지 않던 관사홍이다. 비무대회가 계속되는 중에도 상좌에 앉아 눈길 한번 주지 않았었다.

당연했다.

관사홍은 화산파 장로원의 수장이었고, 장로원은 도진의 장문제자로서의 자격을 이미 거두기로 결정을 했으니까. 그러한 불편한 관계 속에서 도진은 도진대로 관사홍은 관사홍대로 서로를 외면해 왔던 것인데, 이 대쪽 같고 완고하며 고지식한 노인이 무슨 바람이 불어서 자신을 찾아온 것일까?

"혹시 소식을 들었느냐?"

"……?"

"너에 관한 장로원의 결정 말이다."

그 이야기라면 취옥선으로부터 들었다.

도진이 한 차례 고개를 끄덕이자 뒤따라서 관사홍이 두어 차례 고개를 끄덕였다.

"그래, 무림대회가 끝나고 화산으로 돌아가게 되면 네

장문제자로서의 직위를 모두 거둘 것이다. 장문 사형께서 도 더는 장로원의 뜻을 막지 않겠다고 약조를 하셨으니 다 른 기대는 하지 말거라. 이번 무림대회가 장문 사형께서 네게 베푸는 마지막 기회였던 셈이지. 물론 그 마지막 기 회마저도 별 의미가 없었던 것이지만……."

도진은 의아했다.

무림대회가 끝나고 나서 해도 될 말이었다.

굳이 지금 할 필요가 없는 이야기였다.

굳이 이렇게 어려운 걸음 할 필요는 더더구나 없었다.

달리 할 말이 있는 것이다. 그리고 그 할 말이란 아마도 도진이 듣기에 장문제자의 직위를 거두겠다는 말보다 더 거북한 말일 것이다.

아니나 다를까, 이어서 흘러나온 관사홍의 말은 도진을 당혹케 하기에 충분한 것이었다.

"이제 그만 화산으로 돌아가거라."

화산으로 돌아가라니?

"지금 말씀입니까?"

"그래, 지금 당장."

"하오나 아직 비무대회가 끝이 나지 않았습니다."

"허면 그만큼 창피를 당한 것으로도 아직 모자라다는 말이냐? 그만하면 되었다. 그만큼 사문을 욕보였으면 충분해. 더는 화산의 검을 우스갯거리로 만들지 말거라."

이해를 구한다기보다는 강압적인 말투와 눈빛이었다. 그 눈빛을 보고 있자니 문득 뇌리를 스치는 것이 있었다.

"오늘의 상대가 형산파의 제자이기 때문입니까?"

도진의 질문에 관사홍의 눈썹이 꿈틀거렸다.

관사홍이 이렇듯 서둘러 어려운 걸음을 한 이유, 그에게 이렇듯 갑자기 화산으로 돌아가라 하는 이유, 그제야 알았다.

위서량과의 비무를 포기시키려는 것이다.

지금까지 내버려 두다가 왜 위서량과의 비무는 막는 것 인지 그 이유는 어렵지 않게 짐작할 수 있었다. 지금까지도 충분히 화산의 이름에 먹칠을 했지만 그저 위명이 쟁쟁한 화산파에 어울리지 않는 방탕한 제자 하나가 나왔다 뿐, 그로 인해 감히 화산을 싸잡아 욕하는 사람은 없었다. 욕을 먹는 것도, 비난을 받는 것도 어디까지나 도진이었다.

하지만 위서량과의 비무는 그 의미가 달랐다.

화산파와 형산파라는 상징성……. 도진 혼자 욕을 먹고 비난을 받는 것으로 끝날 일이 아니었다. 전날 위서량이 말한 대로 이번 비무의 승패가 화산과 형산의 서열을 바꾸어 놓진 못할 테지만 화산파로서는 그 고고한 자존심에 큰 상처를 입을 수밖에 없는 일이었다.

관사홍이 도진을 찾아온 것은 그러한 씻지 못할 치욕을

미연에 방비코자 함이었다.

“이것이 장문인의 명입니까? 아니면 장로원의 중지입니까?”

“장문인의 명도, 장로원의 중지도 아니다. 내 생각이고 내 뜻이다.”

“하오면 저는 그 명을 따르지 않겠습니다.”

아무리 관사홍이 항렬이 높고 장로의 신분이라 하더라도 그것이 장문인의 명을 대리하거나 장로원을 대표하는 것이 아니라면 장문제자를 강제할 권한은 없었다. 반대로, 아랫사람으로서의 도리는 아닐지라도 도진에겐 관사홍의 명을 거부할 권한이 있었다.

“따르지 않겠다?”

“예.”

“어찌하여?”

“확인해야 할 것이 있습니다.”

“확인해야 할 것이라……. 더 이상의 기회도, 기다림도 무의미하다는 것은 너 스스로가 더 잘 알고 있지 않느냐?”

불쾌해하는 기색은 아니었다.

이제 곧 모든 것을 잃게 될 도진의 부질없는 미련쯤으로 생각했을까?

목소리는 딱딱했지만 거기에는 한숨이 있었다.

도진을 보는 눈빛은 여전히 차가웠지만 거기에는 안타

까움이 있었다.

생각해 보면 어린 시절, 스승 단학영보다도 더 도진을 귀여워해 주던 관사홍이다. 도진을 무릎에 올려놓고 무림의 기인이사들에 대한 이야기를 들려주며 무림에 대한 꿈을 키우게 했던 것도 관사홍이고 이십사수매화검법을 밤을 새워가며 가르쳐 주었던 것도 관사홍이다.

그 누구보다도 도진의 재능을 아꼈고 또한 큰 기대를 품었던 그이기에, 도진의 방황에 그만큼 실망도 컸던 것인지도 모른다.

한데, 어쩐 일일까?

"무의미하든 무의미하지 않든 제가 오늘의 비무를 포기하는 일은 없을 것입니다."

지금 이 순간, 당당히 마주해오는 도진의 눈을 보고 있자니 오랫동안 잊고 있던 감정 하나가 불쑥 고개를 치켜든다.

그것은 기대였다.

'제가 보고자 하는 것은 화산의 검 따위가 아닙니다.'

도진이 화산의 검을 부정한 그날, 한 줌의 기대도 미련도 모두 버렸건만 왜 이제 와 새삼 그것이 고개를 치켜드는지 모르겠다.

'이 또한 그저 부질없는 미련인 것이겠지.'

멀리서 북소리가 들려온 것은 그때였다.

둥둥둥둥!

그것은 오늘의 비무대회가 시작되었음을 알리는 북소리였다.

제 10 장

한 명씩 상대해 드릴까요,
아니면 한꺼번에 할까요?

천극의 서

그날의 비무대회는 다른 날과는 그 분위기가 사뭇 달랐다. 몰려든 구경꾼들의 숫자도 숫자지만 열세 곳의 상석 중, 지금껏 가장 많이 채워졌던 것이 다섯 석에 불과했는데 오늘은 무려 아홉 곳이나 그 주인들이 자리를 하고 있었다.

남은 네 곳이라고 해 봐야 천풍과 추도향, 아직 봉문을 깨지 않은 소림과 봉문을 깼다고 알려지긴 했지만 끝내 무림대회에는 모습을 보이지 않은 무당이었으니 실제 금첩을 받은 인물들은 모두 참석을 한 셈이었다.

최종 우승을 가리기까지는 이틀이나 더 남았음에도 이

같은 분위기가 연출된 것은 결국 도진과 위서량 때문이었다.

화산과 형산의 자존심을 건 사실상의 결승전.

하지만 그런 것치고는 설렘도 없고 긴장도 없다.

너무 뻔한 승부였다.

여기까지 올라온 것만으로도 신기할 지경인 도진이 여기까지 거침없이 상대를 밟고 올라온 위서량을 이길 수 있을 리가 없었다.

'십 초라도 버틸 수 있다면 다행이겠지.'

모두가 그리 생각하고 있었다.

그러한 분위기 속에서 먼저 비무대에 오른 것은 위서량이었다. 비무대에 오른 위서량이 상석의 사람들을 향해 공손히 예를 취해 보인 후 도진에게 어서 올라오라는 눈빛을 건넸다.

이윽고 도진이 비무대 위로 올랐다. 그 역시 먼저 상석을 향해 예를 취했다. 그러다 보게 된 그들의 눈빛도 주위 구경꾼들의 그것과 별반 다르지 않았다.

무미건조했다. 만에 하나의 기적도, 변수도 기대치 않는 눈빛이다. 그들의 눈빛만 보자면 이번 비무는 이미 도진의 패배로 결정이 나 버린 듯했다. 그나마 단 하나 위안이 되는 것이라면, 그 동안 비무장에서는 눈길 한번 주지 않던 관사홍이 지금 이 순간만큼은 도진의 눈을 똑바로 마주하고 있다는 것이다.

"결국 이날이 왔군. 자네는 어떨지 모르지만 내겐 지금 이 순간이 십 년의 기약이었단 말이야. 그래서 감회가 아주 남달라. 즐겁기도 하고 감동적이기도 하고, 그런 한편으론 오늘로 끝이라는 생각을 하니 공허하기도 하고 아쉽기도 하고……."

도진이 예를 마치고 위서량을 마주하고 서자 위서량이 그렇게 주절거렸다.

"지금 이 순간의 여운을 조금이라도 더 만끽하고도 싶고……. 그래서 말인데, 어떤가? 어제 내가 했던 제안, 정말로 해볼 생각 없나? 팔 하나를 묶는 건 화산파를 모욕하는 것으로 비춰질 수도 있으니 그건 무리일 테고, 십 초를 양보하는 정도라면 괜찮지 않을까 싶은데? 물론 그것도 사람들이 알면 곤란한 건 마찬가지일 테니 티가 나지 않게끔 합을 맞춰야겠지. 뭐, 조금 거추장스럽기는 하지만 어쩌겠는가? 그렇게라도 하지 않으면 십 년의 기약이 너무 싱겁게 끝나 버릴 것이니……."

위서량의 주절거림은 상관 않고 묵묵히 검을 들어 올렸다.

도진이 검을 들어 올렸는데도 그런 것은 아예 안중에도 없다는 듯 주절거림을 계속하는 위서량이다.

도진은 그마저도 상관하지 않았다.

다른 어떤 것도 상관 않고 이십사수매화검법을 머릿속에 그렸다.

맑고 개운해진 머릿속만큼이나 거기에 그려지는 이십사수매화검법은 선명했다.

혼란도 사라졌고 의심도 걷어졌다.

주저함도 이젠 없었다.

기수식인 매화노방은 건너뛰었다. 선공의 의지는커녕 지금 이 순간까지도 검을 내려뜨린 그대로 무방비 상태인 위서량이니 선수 양보의 뜻을 담은 매화노방은 아무런 의미가 없을 것이다. 그리해 처음은 두 번째 초식인 매화접무(梅花蝶舞)로 시작했다.

마치 무형의 종이에 한 송이 매화를 그리듯, 도진의 검은 그렇게 화려하게, 또한 아름답게 세상 위에 그림을 그려갔다. 그리고,

"헉!"

위서량의 입에서 흘러나오던 주절거림이 다급한 헛바람으로 바뀐 것을 시작으로 모든 것이 변했다.

모든 것이 변했다. 설렘도 긴장도 없던 비무장에 설렘과 긴장이 들어찼고 시큰둥하던 사람들의 눈빛에도 생기가 돌았다. 그 같은 변화는 상석을 채운 아홉 명이라고 다르지 않았다. 예상치 못한 전개에 놀란 눈을 부릅뜨기도 하

고 그 눈에 의문을 담기도 한다. 도진의 검이 때로는 가슴 서늘할 정도로 매섭게 휘몰아치고, 때로는 춤을 추듯 유연하게 움직일 때마다 감탄성을 토하기도 한다.

그들이 토하는 감탄성은 구경꾼들의 환호와는 근본적으로 다른 것이었다. 구경꾼들이 그저 그 순간의 긴박한 상황들을 쫓아가고 있는 것이라면 그들 아홉 명이 보고 있는 것은 순간순간의 상황이 아니라 오로지 도진의 검이었다.

도진의 검이, 이십사수매화검법이 지금까지 보여주었던 것과는 완전히 다른 것이 되어 있음을 그들은 아는 것이다. 그 속에 깃들어 있는 어떤 미증유의 힘도 어렴풋이나마 느끼고 있는 것이다. 그리해 도진의 검에서 눈을 떼지 못하고 있었다.

그들 중에서도 특히 관사홍의 반응은 남다를 수밖에 없었다.

'저게 대체……?'

처음 매화접무의 한 수가 눈앞에서 펼쳐졌을 때 저도 모르게 벌떡 몸을 일으켰고 지금도 그 상태 그대로 도진을 보고 있었다. 도진을 보는 눈은 놀람도 감탄도 아닌, 의문 하나만을 담고 있었다. 도진의 검을 보며 느낀 어떤 미증유의 힘을 다른 사람들은 그저 '역시 화산파의 이십사수매화검법은 명불허전이로군.' 이라며 간단히 납득을 해 버렸지만 관사홍은 그러지 못했다.

'이십사수매화검법이 아니다!'

지금 도진이 펼치고 있는 것은 화산파의 이십사수매화검법이 아니었다. 아니, 화산파의 이십사수매화검법은 맞을지 모르지만 그가 도진에게 가르쳐 주었던 이십사수매화검법은 분명 아니었다.

달랐다. 아주 미세한 차이이긴 했으나 이십사수매화검법을 성명절기로 일생을 살아온 그가 그 차이를 알아차리지 못할 리 없었다. 또한 그러하기에 비록 그가 가르쳐 준 것과는 다르지만 그것을 틀린 것이라고 부정해 버릴 수가 없었다.

다르지만 틀린 것은 아니다.

'허나 어째서?'

일생을 이십사수매화검법에만 매진해 온 관사홍이건만 그것이 틀린 것이 아니라는 것만 알아차렸을 뿐, 그것이 왜 틀린 것이 아닌지까지는 짚어내지 못했다. 안타깝게도 그것을 볼 수 있는 재능이 도진에겐 있지만 그에겐 없었다.

'대체 하룻밤 사이 저 아이에게 무슨 일이 있었기에……?'

어제만 해도 여전히 한심한 검을 휘두르던 도진이었다. 어제만 해도 도진이 펼치는 이십사수매화검법은 보고 있기조차 낯부끄러운 것이었다.

한데, 하룻밤 사이 변했다.

아니, 지금 이 순간에도 도진은 변하고 있었다. 모든 것이 변한 중에 가장 큰 변화를 보이고 있는 것도 다름 아닌 도진이었다.

도진 또한 자신의 변화를 알고 있었다.

아니, 즐기고 있었다.

아니, 그것은 변화가 아니라 성장이었다.

검을 뺀을 때마다, 그리고 검을 거둘 때마다 그는 성장하고 있었다. 비무대라는 공간 안에서 흐르는 시간 동안, 그 매순간순간마다 그는 성장하고 있었다. 단지 초식이 완숙해져가는 것이 아니었다.

지난 십 년, 비록 바른 길을 걸어오진 않았지만 그렇다고 남들이 생각하는 것처럼 그렇게 무의미하게 허송세월을 보낸 것만은 아니었다. 재능을 썩혀 두지도 않았다. 산을 내려와 유리걸식을 하며 세상을 떠돌 때도, 밥을 먹고 잠을 자는 그 순간에도, 심지어 술에 취해 인사불성이 되어서도 검에 대한 생각만은 놓지 않았었다.

그렇게 십 년이었다.

자그마치 십 년 동안의 고뇌가 그의 안에 고스란히 남아 있었다.

물론 지금까지는 쓰잘데기 없는 잡동사니에 불과했다.

어떻게 써먹어야 할지를 몰라 그저 차곡차곡 쌓아두기만 했었다. 그러던 것이 천풍이 건네 준 책으로 인해 물꼬가 트였다.

지난 십 년의 생각이, 고뇌가, 마음이, 검을 뻗을 때마다 검을 거둘 때마다 이십사수매화검법과 어우러져 그 속에 녹아들고 있었다. 비워 두었던 지난 십 년의 세월이 그렇게 메워지고 있었다.

덕분에 위서량만 죽을 지경이다.

뭐가 어떻게 돌아가는 건지 모르겠다.

왜 이런 상황이 벌어지고 있는지도 모르겠다.

십 년을 기약했던 일이다. 십 년간 오늘만을 꿈꾸어 왔고, 그리해 어젯밤에는 그 설레고 두근거리는 마음에 오늘을 상상하며 잠 한숨 제대로 자지 못했다.

한데, 지금 이건 십 년을 꿈꾸어 왔던 것도 아니었고, 어젯밤 미친놈처럼 밤새 키득키득대며 했던 그 유쾌했던 상상과도 거리가 멀었다. 위서량의 상상 속의 도진은 그의 발밑에 밟혀서 버러지처럼 꿈틀거리고 있어야 했다.

어제까지만 하더라도 분명 더없이 버러지스러웠건만, 지금 저렇듯 굳건하고 사납고 살벌한 모습은 대체 뭐란 말인가?

하룻밤 사이 천지가 개벽이라도 했다는 말인가?

더욱 기가 막힐 노릇은 단지 강자와 약자의 위치가 뒤바

뀐 것만이 아니라 그가 도진을 상대로 하려 했던 것을 도진이 그를 상대로 행하고 있다는 것이다.

얼마든지 끝낼 수 있었다. 찔러 들어오는 한 수 한 수가 너무 날카롭고 매서워서 채 십 초를 버티기도 전에 전의를 상실해 버린 그였다. 한데도 끝내지 않는다. 한 치만 더 깊으면, 반 푼만 더 힘을 실으면 그것으로 끝을 낼 수가 있는데 그 한 치를, 그 반 푼을 더하지 않는다.

'어제까지만 해도 버러지였던 주제에 감히 날 가지고 놀아?'

그랬다.

고양이가 쥐를 가지고 놀듯 도진은 그렇게 위서량을 가지고 놀고 있었다. 그럼에도 도진의 눈에는 위서량이 없었다.

지난 십 년 동안 오직 도진만을 의식해온 위서량과는 달리 십 년 전이나 지금이나 도진의 눈에는 위서량이 없다. 위서량을 가지고 놀고자 함도 아니다. 정말이지 순수하게 자신의 성장을 즐기고 있었다. 한 수 한 수에서 얻어지는 깨달음, 그로 인해 매순간 전율처럼 찾아오는 짜릿하고 기분 좋은 쾌감…… 도진은 그것을 조금이라도 더 많이, 더 오래 느끼고자 하는 마음일 뿐이었다.

하지만 그것이 위서량을 더욱 비참하고 수치스럽게 하고 있었다.

'젠장! 젠장! 젠장! 뭐가 이 따위야? 뭐 이런 개 같은 경우가 다 있어? 지금 대체 무슨 일이 벌어지고 있는 거냐고!'

*　　*　　*

'대체 하룻밤 사이 저 아이에게 무슨 일이 있었단 말인가?'

'지금 대체 무슨 일이 벌어지고 있는 거야?'

관사홍과 위서량의 의문에 옳은 대답을 해줄 수 있는 사람은, 도진을 제외하고 세상에 단 두 명뿐이다. 그리고 그 두 명 또한 이곳 비무장에서 구경꾼들의 무리에 섞여 비무를 구경하고 있었다.

하지만 어젯밤에 무슨 일이 있었는지, 지금 대체 무슨 일이 벌어지고 있는지 그 모두를 알고 있는 그들이건만, 도진의 비무를 보며 그들이 느끼는 감정은 판이하게 달랐다.

먼저 추도향이 느끼는 감정은 어찌할 수 없는 두려움이었다. 아니, 그것은 차라리 어떤 초월적인 것에 대한 경외에 가까웠다.

만일 전날 천풍이 악필휘지하여 만들어가던 책을 보지 못했다면, 그리해 도진의 변화와 성장이 천풍으로 인한 것임을 알지 못했다면 그녀도 상석의 다른 사람들과 마찬가지로 그저 화산의 검이 매서운 것이라 그리 생각했을 것이다. 매순간 깊이를 더해가는 도진을 보면서 그저 숨기고 있던 실력을 드러내는 것이라 그리 생각했을 것이다.

그러나 그녀는 이 모든 것이 천풍의 힘이란 것을 알고 있었다. 고작 사흘 동안 끼적여 댄 책이 도진을 어제와는 완전히 다른 사람으로 탈바꿈시켜 버렸다.

화산파 장문제자고 화산일룡이고 간에 안중에도 두지 않았었다. 그녀와 더불어 신주오기라 불리고 있는 무당의 진현과 소림의 혜광조차 그저 무림 태산북두의 위명을 등에 업은 것일 뿐이라 그리 생각했으니 화산파의 장문제자가, 그것도 들리는 거라고는 참담한 소문들뿐인 한심한 작자가 그녀의 눈에 들어올 리 없었다.

비무대회가 시작되고는 더욱 그랬다. 옥면신룡에 얽힌 소문들에 잠깐이나마 관심을 두고 살피기도 했지만 그조차 괜한 시간 낭비에 지나지 않았다.

그랬던 도진이다. 그랬던 도진이 지금은 형산파 장문제자를 한낱 허수아비 목각 인형으로 만들어 버리고 있다.

이제는 자신의 아래라 깔볼 수가 없다.

검을 맞댄다면 능히 이길 것이라 장담할 수도 없다.

그리 생각하는 것은 그녀 혼자만은 아닌 듯했다. 상석의 아홉 명 중, 그녀와 더불어 신주오기라 불리고 있는 검문의 검치랑군 또한 그녀와 같은 눈으로 도진을 보고 있었다.

추도향이 천풍에게로 눈을 돌렸다.

'내가 그동안 터무니없는 생각을 하고 있었던 건가?'

흙을 빚어 형을 만들고, 그늘에서 건조를 하고, 초벌에 재벌, 유약까지…… 도공이 도자기 하나를 완성시키는 데만도 최소한 나흘은 소요된다. 한데, 천풍은 화산의 골칫덩이였던 화산의 토룡을 고작 사흘 만에 너무도 간단히 신주오기와 어깨를 견주는 무림의 신성으로 만들어 버렸다.

다시 말해, 무림 최고의 재능으로 무림인들의 찬사를 받고 있는 신주오기가 천풍에겐 도공에게 있어 도자기 하나의 의미밖에는 되지 않는다는 것이다. 물론 비약이다. 거기에는 도진의 재능과 지난 십 년이 철저하게 배제되어 있었다. 하지만 적어도 지금까지 그녀가 보아온 것, 그리고 드러난 상황만 놓고 본다면 그것은 조금의 과장도 없는 명명백백한 사실이었다.

천하오절이란 이름이, 그 의미가 새로울 수밖에 없었다.

스승 석조명으로 하여금 고개를 숙이게 만든 이름이다. 그 이름 앞에 도제 백무강이 20년 은거를 파했고 도문을 버리기까지 했다.

그들이 그리한 이유를 이제야 어렴풋이나마 알 것 같았다.

도무지 납득이 안 되었던 것이 이제야 조금이나마 이해가 되었다.

그랬다.

이 어수룩하고 볼품없고, 조금은 멍청해 보이기까지 하는 사내는 그만한 힘을 지니고 있었던 것이다.

'고작 도자기만도 못한 주제에 감히 천하오절의 실력을 가늠하겠다고 나선 꼴이라니…….'

정말이지 터무니없는 행동이었다.

호랑이 앞에 이빨을 드러내는 하룻강아지라 한들 이보다 무모하고 가소롭지는 않을 것 같았다.

한데도, 하늘보다 높은 자존심에도 불구하고 일말의 분함조차 없다. 심지어 지금 천풍을 보는 추도향의 눈은 비록 잠깐이었지만 도제 백무강을 대할 때와 완전히 같은 눈을 하고 있었다.

초월자에 대한 동경, 경외, 선망이 한데 어우러진…….

한편, 이 모든 사태의 원인 제공자인 천풍은 추도향의 그 같은 눈빛을 조금도 의식하지 못한 채 비무에만 몰두해 있었다.

비무가 시작되고 줄곧 그랬다.

단지 승패의 결과를 궁금해하고 있는 것이 아니었다.

천풍이 정말로 궁금해하는 것은 도진의 검이 과연 어떻게 변해 있을까 하는 거였다. 머릿속으로 그렸던 이십사수매화검법이 도진의 검을 통해 펼쳐지면 과연 어떤 모습이 되어 나타날지 그것이 알고 싶었다.

그리해 보게 된 이십사수매화검법은 머릿속으로 그렸던 것과는 사뭇 달랐다.

초식 하나하나의 동작은 생각했던 그대로 한 치의 틀림도 없었다. 하지만 달랐다. 분명 같은 동작인데도 도진의 검은 다른 느낌을 내고 있었다.

이유는 간단했다.

도진의 검 끝에는 도진의 색깔이 더해져 있었기 때문이었다.

성격이라 할 수도 있고 성향이라 할 수도 있다.

혹은 자라온 환경의 차이일 수도 있다.

어쨌거나 도진이라는 사내가 가진 그 특유의 향기가 다른 느낌 다른 색깔의 이십사수매화검법을 만들어냈고, 그것은 시간이 지날수록 더욱 강해지고 더욱 선명해지고 있었다.

'원래부터 무공의 형(形)이라는 것이 이렇듯 자유로운 것일까?'

아닐 것이다.

만일 모든 무공이 다 그런 것이라면 무명객 이한위의 검에서도, 사우와 상무의 검에서도 그 같은 자유로움을 보았어야 했다.

결국 그것은 상승의 무공과 삼류 무공의 차이였다.

그 자유로움이 바로 상승 무공의 깊이였고, 또한 평범한 재능으로는 상승 무공을 습득하기 어려운 이유가 거기에 있었다.

역시 재밌다.

도진의 검을 보고 있자니 책을 만들며 느꼈던 재미가 다시금 되살아나고, 이윽고 다시 그때처럼 거기에 빠져들어 간다.

마음은 이미 도진과 하나였다.

도진과 하나가 되어 마음으로나마 도진을 따라 검을 휘둘렀다.

하지만 만족스럽지 못했다. 아쉬웠다. 그저 도진을 따라 하는 것만으로는 이십사수매화검법을 온전히 즐길 수가 없다. 그 본연의 자유로움을 만끽하기 위해서는 거기에 도진이 아니라 천풍 자신을 담아야 했다.

몸이 근질거렸다.

더 이상 도진의 검이 눈에 들어오지 않았다.

마음도 더 이상 도진과 하나가 아니었다.

천풍은 이내 비무대에서 눈을 거두고 몸을 돌렸다.

"어딜……?"

천풍의 갑작스런 행동에 추도향이 의아히 물었지만 천풍의 귀에는 그마저도 들리지 않았다. 추도향은 그런 천풍을 보며 심상치 않음을 느꼈다.

시시각각 변해가던 얼굴, 결심이 서린 눈빛, 그 속에 깃들어 있던 진득한 갈증, 그리고 이어진 저 조급한 걸음……

다시 또 뭔가를 저지르려고 하는 것이다.

다시 또 뭔가가 벌어지려고 하는 것이다.

그러한 생각들이 떠오른 순간, 그녀에게도 도진의 비무는 더 이상 관심사가 아니게 되었다.

추도향이 급히 천풍의 뒤를 따랐다.

그러나 추도향의 기대와는 달리 천풍은 뭔가 대단한 일을 계획하고 있는 것은 아니었다. 그저 그 손으로 직접 펼쳐 보고자 함이었다. 그리하면 이십사수매화검법을 좀 더 알 수 있을 것 같았다. 그리하면 지금의 이 근질거림도, 갈증도 사라질 것 같았다.

무엇보다,

'글로 끼적이는 것보다 직접 몸으로 익히는 편이 훨씬 더 재미있을 테니까.'

그 생각 하나만으로도 조급증이 나서 견딜 수가 없었다. 그리해 추도향이 뒤따라오는 것도 의식하지 못한 채 바쁜 걸음을 총총거리고 있었다.

하지만 천풍의 그 같이 들뜨고 흥분되는 마음은 처소에 들러 이청이 만들어 준 묵필을 꺼내어 다시 밖으로 나온 직후, 차갑게 식어 버리고 말았다.

"공자, 그동안 안녕하시었소?"

앞을 막아서며 그렇게 인사를 건네는 자들은 다름 아닌 천무구룡이었다.

천풍은 울컥 짜증이 치미는 것을 느꼈다. 그도 그럴 것이 첫 대면 때부터 자신에게 적의를 드러내던 사람들이기도 하거니와 그 역시 그다지 반가운 얼굴들은 아니었다. 가뜩이나 바쁜 걸음, 반가운 사람이 길을 방해해도 기분이 좋지 않을 터에 가능하면 다시 볼 일이 없었으면 했던 사람들이 그 바쁜 걸음을 방해하니 짜증이 나는 거야 당연했다.

"무슨 일이십니까?"

자연스레 천풍의 목소리에 짜증과 귀찮음이 묻어 나왔다.

천풍의 물음을 추혼검 장치성이 받았다.

"무림대회도 이제 막바지에 이르렀으니 우리 사이의 일도 그만 마무리를 해야 하지 않겠소?"

"우리 사이의 일이라니요?"

"옥면신룡에 대한 소문 말이오. 소문의 진위를 보다 확실하게 규명을 해야 하지 않겠소?"

장치성의 말에 천풍이 눈살을 찌푸렸다.

"저는 이미 옥면신룡이 아니라고 말씀을 드렸지 않습니까?"

자신은 옥면신룡이 아니라 천하오절이다. 물론 천하오절이라 하면 지금까지보다 더 격한 반응과 추궁이 이어질 테지만, 어쨌거나 지금 그들이 알고 싶어 하는 것은 어디까지나 옥면신룡인지 아닌지 그 진위 여부였다. 그리고 그 진위에 관해서는 전날 분명히 밝혔다. 한데, 이제 와서 더 무엇을 규명한다는 말인가?

"하나가 열이 되고 열이 백이 되는 것이 강호의 소문이란 것이고, 옥면신룡에 대한 세상의 관심은 이미 말 몇 마디로는 정리가 안 될 만큼 커져 버렸소. 공자가 아무리 옥면신룡이 아니라고 해도 옥면신룡에 대한 헛된 소문은 잠잠해지지 않을 거라는 말이오."

"그래서요?"

"무림에 떠도는 옥면신룡에 대한 소문들을 단 하나의 의혹도 없이 말끔히 잠재우려면 말이 아닌 실력으로 증명해 보일 수밖에 없다는 말이오. 정말로 천하오절의 전인이라면 천무구룡을 이기지 못할 리 없고, 그럼에도 천무구룡을 이기지 못했다 하면 그것은 천하오절의 전인이 아니라는 뜻이니, 소문이 헛된 것임을 증명하기에 이보다 더 확실한 것이 어디 있겠소?"

"그러니까 저를 무릎이라도 꿇리겠다는 겁니까? 실력으

로?”

“그것만이 천하오절의 명예를 지키고 그 이름에 한 점의 오점도 남기지 않는 유일한 방법이니까.”

듣고 보니 한편으로는 이해가 가면서도 한편으로는 어이가 없다.

‘천하오절의 명예를 지키기 위해 날 무릎 꿇리겠다는 건 결국 내 명예를 지키기 위해 날 욕보이겠다는 거잖아?’

그들이 그토록 명예를 지켜주고자 하는 천하오절이 바로 천풍이니 말이다.

‘이걸 기특하다고 해야 하는 거야, 괘씸하다고 해야 하는 거야?’

아니, 그 전에 뭔가 억지스러웠다.

천하오절의 명예를 지켜주기 위함이라는 그 말이 왠지 진심으로 느껴지지 않았다. 그렇다고 완전히 거짓이라고는 할 수 없었지만 그 이면에 무언가 다른 목적이 있는 듯 느껴졌다. 무엇보다 그들 아홉 명의 눈에 은연중 번뜩이는 것은 충의가 아니라 탐욕이었다.

‘무언가 다른 욕심이 있다?’

자신을 무릎 꿇려서 그들이 얻을 수 있는 건 그리 많지 않았다. 특히 저렇듯 탐욕을 드러낼 정도의 것이라면 더욱 그랬다.

문득 염장이 새 문파를 열겠다고 선포했던 그날의 일이

떠올랐다.

'그러고 보니 그때도 저런 눈빛들을 했었지.'

그렇다면 이 또한 그 일과 관련이 있을 가능성이 크다. 그리고 그게 사실이라면 염장도 무관하지는 않을 것이다.

"혹시 염 단주님께서 시키신 일입니까?"

"고작 일개 장사치 따위가 이래라 저래라 할 만큼 우리 천무구룡의 이름이 가볍지는 않소!"

불쾌하다는 듯 눈을 부라린다. 하지만 찰나간 그 눈에 앉았다 가는 당황을 천풍은 놓치지 않았다.

"염 단주님께서 시키신 일이 아니라면, 그럼 거래였습니까?"

"……!"

순간, 천무구룡이 하나같이 움찔한 기색을 보였다. 당황도 당황이지만 거기에는 들키고 싶지 않은 치부를 들킨 것에 대한 창피함도 있었다.

역시, 짐작이 조금도 틀리지 않았다. 천풍의 짐작대로 그들의 갑작스런 방문에는 염장의 개입이 있었다.

염장에 대해서는 그렇잖아도 기꺼운 감정이 아니었다. 그동안의 호의가 불순한 의도에서 비롯되었음을 알고부터 과거의 인연에 대한 반가움 대신 경계하는 마음과 의심하는 마음이 싹트기 시작했던 터였다. 그런 차에 이렇듯 다시금 자신의 의사와는 상관없이 자신을 이용하려 한다는 사실을 알고 보니 불신은 불쾌감이 되고 짜증은 두 배가 된다.

"대체 뭡니까? 저를 두고 염 단주님과 대체 무슨 거래를 하신 겁니까?"

*　　*　　*

"거래?"

염장이 어리둥절한 얼굴을 하며 조충을 보았다.

"거래라니?"

조충이 달려와서 임무를 완수했다며 호탕하게 웃어댈 때만 해도 적잖이 안도를 했다. 그렇잖아도 비무대회가 끝나가는데 아직 이렇다 할 성과가 없어서 걱정을 하고 있던 참이었다. 물론 조충의 선동질이 실패로 돌아갔을 때를 대비해서 제이 제삼의 계획을 준비해 두지 않은 것은 아니지만 아무래도 차선이다 보니 그들 스스로 칼을 맞대게 하는 것보다는 자연스럽지 못했고 무리수도 따랐다.

그들 스스로 칼을 맞대고 박 터지게 싸워서 그들 스스로 서열을 정한다.

그렇게 정해진 서열이라면 어떠한 불만도, 잡음도 생기지 않을 터였다. 새 문파의 초석을 다지는 데는 그것만큼 안전하고 확실한 방법이 없었다.

한데, 그 반가운 소식에 같이 안도하고 같이 홍겨워도 하는데 조충이 자랑을 한답시고 불쑥 한 마디를 보탠 것이 바로 거래였다.

"그나저나 천무구룡 이 양반들도 참 어지간들 하더이다. 고집불통도 그런 고집불통이 없어서, 옥면신룡이 아니라고 스스로 밝혔으니 그것으로 된 것 아니냐는 둥, 괜한 헛소문에 부화뇌동하는 꼴도 우습거니와, 자칫 죄 없는 사람 핍박하는 것이 되면 천하오절의 이름에 도리어 먹칠을 하는 것이라는 둥, 내가 아흐레 동안 밤낮없이 술을 먹이고 이빨을 까도 도무지 꿈쩍을 안 하더라 이 말입니다."

"한데 어찌 그들의 마음을 움직인 거냐?"

"견물생심(見物生心)! 좋은 물건을 보면 욕심이 생기고 욕심이 생기면 마음이야 자연 움직이기 마련 아니겠소? 내가 원하는 것을 얻기 위해서 상대가 원하는 것을 내어주는 것이 또한 장사의 기본이고. 그래서 거래를 하기로 했소."

"거래?"

"그렇소."

"거래라니? 그들의 마음을 움직이게 할 만한 것이 뭐가 있다고?"

"우리가 가지고 있는 것 중에서 그들의 위선을 한 방에 날려 버리게 할 만한 거야 딱 하나뿐이잖소."

"……?"

"새 문파의 주인 자리!"

"뭐?"

"그러니까 옥면신룡을 꺾으면 우리가 세울 새 문파의 주인 자리를 주겠다고 했다 이 말이요."

염장이 조충을 어이없다는 듯 바라보았다.

"누구 마음대로?"

"그야 내 맘대로죠."

"미쳤냐?"

"그들의 마음을 움직일 방법이 그것뿐인 것을 난들 어쩌겠소? 아니, 애초부터 그렇게 간단한 방법을 놔두고 멀리 돌아가려 했던 게 멍청했던 거지. 왜? 그런 거래가 있었다고 하니 새삼 걱정이라도 되쇼? 그 자가 옥면신룡인 것이 확실하고 또 그만한 실력을 갖추었다면 새 문파의 주인 자리 아니라 염가상단의 전 재산에 손모가지 하나를 더 얹었다고 해도 걱정할 필요는 없잖소. 어디까지나 옥면신룡을 꺾는다는 전제하에서의 거래니까 말이요."

조충의 말에 염장이 버럭 소리를 질렀다.

"멍청한! 이 멍청한 놈아! 일이 그렇게 간단한 거였으면 진즉에 내가 그리 했지 네놈을 내세워서 선동질이니 뭐니 그딴 번거로운 짓을 했겠느냐?"

"그러니까, 형님이 하지 않으니까 내가 한 거 아니요."

염장이 왜 이렇듯 화를 내는지 전혀 이해 못하겠다는 얼굴이다. 심지어,

"설마 금주령을 풀어주겠다고 한 약속, 이제 와서 딴소리 하려는 건 아니겠죠?"

그런 같잖은 걱정이나 하고 있다.

어찌나 기가 막히는지 이런 인간에게 그런 중요한 일을 맡긴 스스로가 너무 바보 같았다. 이런 인간을 상대로 화를 내고 있다는 것마저도 한심스럽게 느껴질 지경이었다.

"우리가 새 문파를 세우는 일에 가장 중요한 것이 뭐라 생각하느냐?"

"그야 천무구룡에게 옥면신룡을 인정케 해서 문파의 초석을 다지는 것이 아니요? 그 때문에 내가 지난 열흘 그렇게 죽을 둥 살 둥 안간힘을 써댄 거고."

"그게 아냐. 그보다 중요한 것은, 새 문파를 세우는 일에 가장 중요시 되어야 할 것은 우리 염가상단과 옥면신룡의 관계다. 우리가 새 문파를 세우려는 진정한 목적이 무엇이냐? 새 문파의 힘을 빌려 염가상단의 세를 키우는 것이 그 목적이 아니냐. 허면, 새 문파의 주인이 될 옥면신룡과는 그 관계를 더없이 돈독히 해야 하는 것인데, 그러기는커녕 거래를 내세워 그분을 핍박한 꼴이니 그분이 대체 우리를 어떻게 생각하겠느냐! 가뜩이나 새 문파를 세우는 일도 그리 탐탁지 않아 하셨고 요즘 들어 나에 대해서도 거리를

두시는 듯했는데, 이 일에 우리가 개입되어 있다는 것까지 알게 되면 그분과 돈독한 관계가 될 수가 있겠느냔 말이다!"

돈독한 관계는커녕 척이나 지지 않으면 다행이다.

그 모든 것은 어디까지나 천무구룡의 자발적인 행동이었어야 했다. 싸움이 붙은 후에는 철저히 뒤로 빠져 있을 심산이었다. 그래서 거래가 아닌 선동을 택한 것이었고, 그가 직접 나서지 않고 조충을 내세운 것도 그 같은 이유에서였다.

한데, 여지없이 믿는 도끼에 발등을 찍어 주시는 아우님이시다. 그런 주제에 술 못 마시게 하면 어쩌나 그런 시답잖은 걱정이나 하고 앉았다.

"너무 걱정 마쇼. 그들도 체면이란 게 있는데 설마 하니 새 문파의 주인 자리가 탐나서 그러는 거라고 이실직고야 하겠소? 당연히 거래에 대한 것도 입에 담지는 않을 테니까 괜한 노파심일랑은 접어두시구랴."

딴에는 그래도 자신의 잘못을 깨닫기는 했는지 변명이랍시고 한다.

어찌 들으면 제법 그럴듯하게 들리기도 했지만 그것이 조충의 입에서 나온 것이기에 눈곱만큼도 안심이 안 된다.

아니나 다를까 바로 그 시각, 조충의 생각과는 달리 천무구룡은 너무도 간단히 이실직고를 해 버리고 있었다.

* * *

“물론 우리가 이렇듯 공자를 찾아온 진정한 이유는 앞서도 말씀드렸다시피 어디까지나 천하오절의 명예를 지키고자 함이지만, 공자가 천하오절의 전인이 아님을 증명해낸다면 새 문파의 주인 자리를 우리에게 주겠다는 염 단주의 약조가 있었던 것도 분명한 사실이오.”

안타깝게도 조충의 판단이 맞아떨어지지 않은 것은 천무구룡이 뼛속부터 무림인이 아닌 때문이었다. 그들 대부분이 강호에 출도한지 삼 년이 채 되지 않은 무림 초출이었고, 그러다 보니 얼굴에 철판을 까는 것도 자신의 치부를 감추고 숨기는 데도 능숙하지 못한 것이다. 게다가 조충의 뜻을 곧 염장의 뜻으로 판단해 버린 탓에 염장의 걱정은 더 이상 노파심이 아니게 되었다.

‘그러니까 이것도 결국 염 단주님께서 꾸민 일이라 이거지?’

이 순간 염장에 대해 가졌던 모든 호감이 말끔히 사라져 버렸으니 염장의 걱정은 그야말로 선견지명이었던 셈이다.

정말이지 기분이 나빴다. 한시라도 빨리 그 손으로 이십사수매화검법을 펼쳐 보고 싶은 마음이 간절한데 이를 방해받은 것도 짜증이 났고 천풍의 의사와는 상관 없이 자기

멋대로 천풍을 새 문파의 주인으로 정해 놓고 이같이 천무구룡들과 싸우게끔 계략을 꾸민 염장에게도 짜증이 났다. 그리고 그런 염장의 농간에 놀아나서 자신의 즐거움을 방해하고 있는 천무구룡에게도 짜증이 났다.

그렇게 치밀어 오르는 짜증과 불쾌감을 간신히 삭이고 있는데 뒤에서 불쑥 추도향이 말을 건네왔다.

"어쩌실 거죠?"

그동안은 추도향이 뒤따라온 것조차 몰랐던 천풍이 흠칫하며 뒤를 돌아보았다.

"버릇없는 제자들에게 따끔히 훈시라도 하지 않으면 아무래도 그냥은 넘어가지 않을 것 같은데요?"

"……."

제자라는 말에 다시 한 번 흠칫하는 천풍이다.

그 제자라는 단어가 유난히 또렷이 귀에 박혔다.

지금까지는 그런 쪽으로는 전혀 생각지 못했었는데 듣고 보니 이들 천무구룡은 그가 적은 무공비급을 익혔으니 강호의 예법상으로는 분명 그의 제자인 셈이다.

'다소 늙긴 했지만……'

완전히 남이라고 생각했을 때는 그들의 거칠고 무례한 태도에 그저 짜증만 났었는데 제자라고 생각하고 보니 이번엔 왠지 자존심이 상했다. 그들의 하극상에 딱히 스승이라 내세울 생각이 없는데도 괜스레 모욕감도 들었다. 그러한 마음이 드니 염장의 농간에 놀아나고 싶지 않다는 거부감도 뒷전이 된다.

추도향의 말마따나 어차피 그냥은 넘어가지 않을 태세고 그 역시 이제는 겹겹이 쌓인 짜증을 해소하긴 해야 했다. 또한 버르장머리 없는 제자들에게 예의범절을 가르치는 것은 마땅히 스승된 도리가 아닌가.

버르장머리에는 뭐가 즉효한지 경험을 통해 너무도 잘 알고 있었다.

'아무렴, 버르장머리에는 뭐니 뭐니 해도 매가 약이지.'

마침 적당한 매도 들고 나온 참이 아니던가.

천풍이 묵필을 만지작거리자 그 뜻을 알아차린 추도향이 의아히 물어왔다.

"아직 자루뿐인 검에 날을 채우지도 못했잖아요?"

물론 그가 맞닥뜨린 두 번째 벽은 아직 그대로였다. 하지만,

'저들 정도라면…….'

천무구룡들 정도라면 어떻게든 될 것 같았다.

사실 두 번째 벽을 맞닥뜨린 후로 그저 그 벽을 넘어서는 날이 오기만을 무작정 기다리고만 있었던 것은 아니었다. 언제가 될지 기약조차 할 수 없는 것을 마냥 기다리고 있기에는 강호가 너무 흉흉했다. 적어도 그 한 몸 스스로 보호할 방법은 찾아야 했다. 그리해 고심을 거듭한 끝에

찾아낸 방법은 지극히 간단한 것이었다.

'결을 노릴 수 없다면 결이 아닌 곳을 공격하면 된다.'

거창하게 말하면 발상의 전환이었고 나쁘게 말하면 그야말로 단순무식.

물론 단순무식한 만큼 거기에는 큰 맹점이 있었다.

결이 아닌 곳이라면 그곳은 허점이 아니라는 뜻이다.

허점이 아닌 곳을 아무리 공격해본들 무슨 소용이 있겠는가 말이다. 하지만 그 맹점은 십 년 전 도진과의 비무가 충분한 공부가 되었다.

십 년 전 그가 도진에게 맥없이 패했던 이유…… 그것은 곧 힘과 속도였다.

압도적인 힘과 압도적인 속도 앞에서는 허점의 유무 따위는 의미가 없다.

적어도 천무구룡에 비한다면 그가 가진 속도와 힘은 충분히 압도적이라 할 만한 것이었다. 뿐만 아니라 천무구룡의 무공은 허점이 없는 만큼 굳이 결을 가리거나 피할 필요조차 없었다. 다시 말해 천무구룡에게 있어 천풍은 자루에 날이 있거나 없거나 거스를 수 없는 천적이라는 뜻이다.

만만했다.

너무 만만해서 엉뚱한 생각마저 들었다.

'이 참에 이십사수매화검법이나 익혀 볼까?'

머릿속에만 있을 뿐 아직 한번도 제대로 익힌 적이 없는 이십사수매화검법이다. 한번도 익혀 보지 않은 것을 바로 실전에 써먹겠다는 것은 무모함을 넘어 그 발상 자체가 이미 어불성설이었지만 그럼에도 한번 마음이 동하니 조금 전 도진의 비무를 보며 느꼈던 흥분이 다시금 그를 들뜨게 했다.

'그래, 해보지 뭐.'

그리 마음을 먹은 천풍이 천무구룡을 쓰윽 훑으며 물었다.

"한 명씩 상대해 드릴까요, 아니면 한꺼번에 할까요? 저는 기왕이면 한꺼번에 하는 것이 좋을 것 같습니다만…… 그게 덜 번거롭기도 하고."

제 11 장

이십사수매화검법보다 더 뛰어난 검법은 무엇입니까?

천극의 서

천풍이 처소 앞 넓은 정원의 중앙에 자리를 잡고 섰다. 그의 앞에는 장치성이 서 있고 그 뒤로 남은 여덟 명이 멀찍이 거리를 두고 자리했다.

기왕이면 한꺼번에 덤비라 했지만 그들이 선택한 것은 일 대 일의 정면 승부였다. 그렇다고 공평하다고도 할 수 없는 것이,

"그럼 이분이 여러분들의 대표인 겁니까? 그래서 이분을 이기면 그걸로 이번 시비는 끝이 나는 겁니까? 아니면, 순서라도 정해져 있습니까?"

아무도 대답하지 않았다. 그것은 곧 장치성은 그저 첫

번째일 뿐, 그들의 대표는 아니라는 뜻이다. 또한 장치성의 패배를 그들 모두의 패배로 인정하지는 못한다는 뜻이다.

순서를 정하지는 않은 듯 했지만 장치성이 패하면 누가 되었든 그 뒤를 이을 것이 분명했다.

상관 없었다. 일 대 일이든, 한꺼번이든, 순차로 덤비든 지금은 그저 한시라도 빨리 묵필을 휘두르고 싶은 마음뿐이었다.

차분히 호흡을 가다듬었다.

천천히 묵필을 들어 올렸다.

한낮의 일광을 받은 묵필이 검은 빛 광채를 발하고 그 순간, 때를 같이하여 천풍이 무겁게 입을 열었다.

"매화노방!"

그리해 이십사수매화검법이 펼쳐지기 시작했다.

그러나, 뭔가 거창하게 시작했던 것과는 달리 천풍이 펼치는 이십사수매화검법은 정말이지 볼품이 없었다. 머릿속으로 상상하는 것과 그것을 몸으로 펼치는 것은 천양지차였다.

한 동작 한 동작 따라하기도 버거운 터에 검광이 난무하는 실전 속에서 그것을 펼치려 하니 손발은 엉키고 묵필은 꼴사납게 허우적이다. 그나마 장치성의 추혼탈백검을 휜히 꿰고 있기에 망정이지 그렇지 않았다면 버르장머리 없는 제자들 앞에서 톡톡히 창피를 당했을 터였다.

아니, 개중에는 이미 입가에 비웃음을 매달고 있는 자도 있었다.

절대 옥면신룡일 리가 없다면서도 혹시나 하는 마음을 떨치지 못하던 그들이었다. 조충의 선동질에 지금까지 버텨왔던 것도 죄 없는 사람을 핍박하는 것이 될까 그것이 염려되어서가 아니라 마음 한편에 어쩌면 옥면신룡일지도 모른다는 일말의 거리낌이 있었기 때문이었다.

그것은 기대이기도 하고 불안이기도 했다.

그런 마음으로 천풍에게서 눈을 떼지 않고 지켜본 것인데, 드러난 실력은 그러한 기대와 불안이 무색할 만큼 형편이 없었다.

검절의 전인이라는 소문과는 달리 괴상한 붓 한 자루를 꺼내어 들 때부터 뭔가 이상하다 했더니 이어진 것은 보고 있기에도 낯 뜨거울 만큼 민망한 몽둥이질이다.

검절의 전인은커녕 동네 꼬마 아이들의 칼질도 저보다는 낫겠다 싶었다. 저런 얼치기를 보고 혹시라도 검절의 전인일지 모른다는 생각을 했던 것이 스스로들도 어처구니가 없을 지경이었다.

하지만, 정작 동네 꼬마 아이들보다도 못해 보이는 몽둥이질을 몸소 체험하고 있는 장치성의 생각은 전혀 달랐다.

'이게 대체 어찌 된 거지……?'

마치 귀신에라도 홀린 듯한 기분이었다.

다른 이들과 마찬가지로 그의 눈에도 동네 꼬마 아이들보다 못한 몽둥이질이었다. 분명 검법인 것은 같은데 검로는 엉망이고 날카로움이라고는 눈을 씻고 찾아 봐도 없다.

한데, 그럼에도 어찌 된 것이 그 엉망인 검로 속으로 도무지 파고들지를 못하겠다. 생각 같아서는 그저 검 한 번만 떨치면 단숨에 끝장을 낼 수 있을 것 같은데, 그만큼 천풍의 무공은 가소롭게만 보이는데 막상 검을 떨치면 허무하게 허공만을 가른다.

'내 검을 꿰뚫고 있다.'

검을 내지를라 치면 그 전에 훌쩍 뒤로 물러나 버리고 검을 거두면 그 전에 먼저 성큼 다가온다. 분명 그의 검을 앞서 읽고 있는 것이 틀림없었다.

다른 천무구룡들 앞에서 저런 엉망진창인 몽둥이질 하나 어찌 하지 못하는 것이 창피했다. 창피한 만큼 잡힐 듯 잡힐 듯 잡히지 않는 저 날다람쥐 같은 녀석에서 약도 올랐다.

'흥! 언제까지 도망 다닐 수 있는지 한번 두고 보자!'

덫을 놓기로 했다.

상대가 한 수 앞을 내다보고 움직이는 거라면 자신은 두 수 앞을 준비해 두면 된다. 그리해 검을 거두어들이는 척

하며 천풍을 유인한 후 그 찰나의 순간에 역공을 취했다. 그리고 그 작전은 스스로도 감탄스러울 만큼 절묘하게 맞아떨어졌다.

'잡았다!'

자신의 검 앞에 무방비 상태가 된 천풍을 보며 장치성은 주저 없이 회심의 일격을 날렸다. 한데 회심의 일격이 천풍의 허리춤을 쓸어가던 그 순간이었다. 천풍의 몽둥이가 장치성의 정수리를 덮쳐왔다.

대수롭지 않게 생각했다. 자신의 검이 빨랐다. 간격에서도 훨씬 더 유리한 고지를 점령하고 있었다. 천풍의 그 같은 몽둥이질은 그저 때늦은 발악일 뿐이었다.

그리 생각했다. 하지만 아니었다.

자신의 정수리를 향해 내려쳐오는 붓은 그가 감히 상상할 수도 없는 속도로 덮쳐들고 있었고 귀를 파고드는 파공음은 머리털이 죄다 곤두설 정도의 굉음이 되어 고막을 긁어댔다.

그 순간 머리에 떠오른 단어는 양패구상(兩敗俱傷) 네 글자였다.

뭐가 어떻게 된 상황인지 파악할 겨를도 없었다. 그것은 차라리 본능이었고 공포였다. 본능적인 공포가 검을 돌려 천풍의 붓을 막아가도록 시켰다.

이윽고,

쾅!

천풍의 붓과 장치성의 검이 부딪혔다.

"크흑!"

마치 붓이 아니라 집채만 한 바윗덩이가 덮친 것 같았다. 그 항거할 수 없는 힘에 무릎이 꺾였다.

하지만 이번에도 뭐가 어떻게 된 상황인지 파악할 겨를이 없었다. 천풍이 잠깐의 틈도 주지 않고 재차 공격해 들어왔기 때문이었다.

한데, 그렇게 공격해 들어오는 천풍의 묵필은 방금 전의 사납고 거센 공격이 착각이었던 것처럼 어느새 또 엉망인 몽둥이질로 바뀌어 있었다.

물론 방금 전의 사납고 거센 공격은 착각이 아니었다. 착각이었다면 지금 이렇듯 기혈이 진탕되어 내장이 뒤틀리는 고통을 겪고 있지는 않을 것이다.

분명 그만한 힘을 갖고 있는 것이다.

'어쩌면 정말로 검절의 전인일지도 모른다.'

하면 왜 그만한 힘을 가지고 있으면서 저런 꼴사나운 몽둥이질이나 하고 있단 말인가?

이유는 모른다. 다만, 왠지 지금 천풍의 모습이 놀아달라 떼를 쓰는 어린아이의 그것과 닮아 있다고 느꼈다.

장치성에겐 선택의 여지가 없었다.

'놀아달라면 놀아줄 수밖에.'

같이 놀다 보면 천풍이 과연 검절의 전인인지 아닌지 그 진위 여부도 보다 확실해질 것이고 왜 저런 엉망인 몽둥이질을 고집하는지도 알 수 있을 것이다.

그리해 지금까지보다도 더 격렬하게 천풍과 어우러졌다.

그로부터 정확히 일각이 지난 후였다. 장치성은 그가 알고자 했던 진실 하나를 불현듯 깨달았다.

'엉망인 몽둥이질이…… 아니다!'

아니, 처음에는 엉망인 몽둥이질이었지만 시간이 흐름에 따라, 또 반복됨에 따라 거기에 검로가 생겨나고 절도가 더해져 점차 엉망이 아니게 되어 간다.

불현듯 느껴지는 것이 있었다.

'설마 그럼…… 지금까지 나를 상대로 검술이라도 수련하고 있었다는 말인가?'

* * *

'나를 가지고 놀고 있군.'

처음에는 그래도 같이 어우러져 놀았었는데 언제부터인가 그리 되었다. 엉망인 몽둥이질이 더 이상 엉망이 아니게 되었을 때부터였을 것이다.

승패를 논할 것도 없었다.

같이 어울려주는 것조차 이젠 버거웠다.

아니, 몸도 마음도 이미 기진맥진이었다. 한데도 이렇듯 억지로나마 버티고 있는 것은 그의 의지와는 상관 없이 천풍이 그를 놓아주지 않았기 때문이다.

천풍과의 차이를 뼈저리게 절감하고 있는 장치성이다. 이미 싸울 의지 따위는 눈곱만큼도 남아 있지 않았다.

천풍이 끝내려고만 한다면 얼마든지 끝이 날 수 있는 비무였다. 하지만 그러지 않았다. 승부를 끝낼 수 있는 순간마다 결정적인 한 수를 내밀지 않는다.

처음에는 놀리는 거라 생각했다. 그래서 모욕감을 느끼기도 했다. 하지만 아니었다. 그렇다고 하기에는 천풍의 눈이 지나치게 맑았다.

조금 전 그들에게 보여주었던 노골적인 짜증과 불쾌감마저도 이젠 보이지 않았다.

지금 천풍의 눈은, 거침없이 장치성을 몰아쳐대는 이 순간에도 단 한 점의 사심도 없이 순수했으며 천진하게 빛나고 있었다.

놀리는 것도 아니고 깔보는 것도 아니다.

신이 나서, 상대가 장치성이든 누구든 상관 없이 그저 신이 나서 신명나게 놀고 있는 것뿐이다.

장치성의 생각대로였다.

천풍은 지금 그저 놀이에만 집중해서 아무것도 생각지

않고 있었다. 어떠한 것도 돌보지 않았다. 제자들의 버르장머리를 고쳐줘야겠다는 처음의 결심마저도 이미 잊어버린 지 오래였다.

그만큼 재미있었다. 이십사수매화검을 직접 펼친다는 것은 글로 써내려 가는 것과는 비교도 안 될 만큼, 도진의 비무를 보며 기대했던 그 이상으로 재미가 있었고 그를 정신없이 빠져들게끔 했다. 그것은 응수해 주는 상대가 있어 더욱 그랬다.

단 하나 아쉬운 것이라면 그를 참으로 즐겁게 해주고 있는 장치성이 너무 기진맥진해 있다는 점이다.

도진이 위서량을 상대로 최대한 오래도록 공방을 이어가기 위해 공세에 여유를 두었던 것처럼 천풍도 똑같은 심정으로 그리 하고 있었지만 장치성은 내공도, 체력도, 기술도 형산의 위서량에 비할 바가 아니었다.

차츰차츰 몸을 놀리는 것이 능숙해지고 있었다. 차츰차츰 한 동작 한 동작 초식들이 익숙해지고 그에 따라 그 맛을 알아가는 중이었다.

이제야 좀 제대로 된 이십사수매화검법을 펼칠 수 있게 되었다.

이제야 어설프게나마 매화를 그릴 수 있게 되었다.

그리해 한껏 달아올라 있었다.

허나, 장치성을 이겨 버리고 나면 그 다음을 기약할 수 없는 상황이었다. 설혹 누군가 장치성을 대신한다고 하더라도 격식이니 형식이니를 따지느라 지금의 흥이 깨져 버릴 것은 자명한 일이었다.

지금의 흥을 깨고 싶지 않았다.

잠시도 이십사수매화검법을 멈추고 싶지 않았다. 무엇보다 이미 지칠 대로 지친 장치성 하나만으로는 성이 차지 않았다. 설혹 장치성이 온전한 상태라 해도 이십사수매화검법을 즐기기 시작한 천풍의 놀이 상대로는 턱없이 부족했다.

하나로는 안 된다.

둘로도 부족하다.

셋이라 해도 아쉽다.

천풍의 눈이 천무구룡을 향했다.

천무구룡들의 얼굴에는 어느새 비웃음이 씻은 듯이 사라지고 없었다. 처음의 형세와는 달리 천풍의 붓이 기세를 더하고, 반대로 장치성이 무기력해져만 가자 비웃음은 긴장이 되고 깔보는 마음은 두려움이 된다.

그런 중에 천풍의 시선이 닿자 본능적으로 움찔하는 그들이다.

천풍의 입가에 묘한 미소가 걸렸다. 눈은 기대감으로 반짝였다.

'저들 모두라면…….'

천무구룡들 전부라면 한바탕 실컷 놀아 볼 수 있지 않을까?

그들 모두가 상대라면 힘을 아낄 필요 없이 마음껏 붓을 휘둘러 볼 수 있지 않을까?

그 속에서 어우러지면 이십사수매화검법이 지금보다도 훨씬 더 재밌어지지 않을까?

어차피 자신들의 욕심을 채우기 위해서 먼저 시비를 걸어온 것은 그들이다. 그렇다면 하나를 상대할지 아홉 모두를 상대할지 정도의 권리쯤은 있는 것 아니겠는가?

생각은 마음을 충동질하고 충동된 마음은 또한 행동을 충동질한다.

마음이 동한 천풍은 조금도 지체치 않았다. 곧바로 천무구룡들을 향해 신형을 날렸다.

"어헛!"

천풍의 돌발적인 공격에 그들 중 하나가 다급성을 터트렸다. 하지만 다급성이 채 가라앉기도 전에 천풍은 이미 다른 상대를 찾아 튕기듯 날아가고 있었다.

"이게 무슨!"

그 다른 상대가 갑작스런 기습에 마주 검을 떨쳐오며 일갈을 터트린다.

까앙—

천공을 찢어 버릴 듯한 날카로운 쇳소리에 이어 불꽃이

튀었다. 그리고 그 불꽃이 사그라지기 전에 천풍은 또 다시 다음의 상대를 찾아 땅을 박찼다.

그 모습은 흡사 성난 멧돼지처럼도 보였고, 이리 튀고 저리 튀고 질서 없이 사방으로 튀어오르는 모습은 어찌 보면 꼽등이처럼도 보였다.

어쨌든 그로 인해 스스로의 의사와는 상관 없이, 어쩔 수 없이 천풍의 놀이에 휘말리는 천무구룡이다.

천풍은 원하던 대로 참으로 신명나게 놀기 시작했다. 묵필 끝에 주저함이 사라지자 이십사수매화검법 또한 거침이 없어졌다. 한데,

'저게 이십사수매화검법이라고?'

이를 옆에서 지켜보는 추도향이 눈살을 찌푸리며 괴이쩍은 시선을 던졌다. 그도 그럴 것이, 천풍의 붓에 주저함이 없어지면 없어질수록, 거침이 없어지면 거침이 없어질수록 정작 이십사수매화검법은 오히려 점점 이십사수매화검법이 아니게 되어가고 있었다.

만일 이십사수매화검법을 책으로 엮는 것을 보지 못했다면 이십사수매화검법이라 생각지도 못했을 것이다.

만일 그 책으로 인해 도진의 검이 하룻밤 사이에 달라져버린 것을 목격하지 못했다면 천풍이 잘못 익힌 것이라, 그저 흉내만 내는 수준에 불과한 것이라 그리 생각했을 것이다.

도진이 펼치던 이십사수매화검법과 굳이 비교를 하지 않더라도.

'화려함과 섬세함을 최고로 꼽는 화산의 검이 저렇게 막무가내일 리가 없잖아?'

분명 모양새는 엇비슷하긴 했다. 하지만 상대를 현혹케 하는 화려하고 변화무쌍한 움직임도 없었고 그리해 허를 찔러 들어가는 정교함도 없었다.

단단한 바위를 깨듯 그저 막무가내로 무식하게 두드려댄다.

그런데도 압도적이다. 너무도 압도적이어서 그 단순 무식함이, 그 막무가내가 이십사수매화검법과 너무도 잘 어우러지고 있었다.

거기에 화려함이나 화산파 특유의 섬세함이 더해졌다면 오히려 그것들이야말로 거추장스러운 것이 되지 않았을까, 심지어 화산의 검이란 것은 원래부터 저렇듯 단순 무식한 것은 아니었을까, 그런 생각마저 들었다.

생각이 거기에 미치자 문득 스승 석조명의 말이 떠올랐다.

'정(靜)과 동(動)은 둘이 아니고 변화와 무변은 다른 것이 아니며 화려함 또한 그저 간결해지기 위함이다.'

천풍의 단순 무식하고 막무가내의 이십사수매화검법을 보며 순간 그녀가 떠올린 것은, 엉뚱하게도 '만류귀종(萬

流歸宗)' 이었다.

사실은 전혀 그렇게 거창한 것이 아니었음에도, 보이는 그대로 천풍은 그저 단순무식하게 완력 하나로 천무구룡을 때려잡고 있는 것임에도 불구하고 도진의 비무를 본 후 자신도 모르는 사이 심어진 천풍에 대한 환상이 단순 무식한 칼질마저 만류귀종으로까지 보이게 하고 있는 것이다.

어쨌거나 그 사이 장치성이 더 견디지 못하고 결국 떨어져 나갔다. 하나가 떨어져 나가자 그 다음부터는 그야말로 추풍낙엽이었다. 순식간에 여덟에서 일곱이 되고 일곱은 다시 여섯이 된다. 그리고 그렇게 하나씩 줄어들 때마다 천풍의 눈에는 안타까움과 아쉬움이 짙어졌다.

나름 힘 조절을 한답시고 하고 있는 것인데도 한번 균형이 깨어지기 시작하자 걷잡을 수 없이 무너지는 천무구룡이다. 천풍의 힘에 눌려서가 아니라 그들 스스로 자멸해가고 있는 것이기에 천풍으로서도 어찌해볼 도리가 없었다.

제대로 된 스승도 없었고 제대로 된 가르침도 받아 본 적이 없다. 그리해 뿌리 깊지 않은 나무가 바람에 쉽게 흔들리는 것처럼 그렇게 천풍이라는 바람에 이렇듯 휘청이는 것이기도 했지만 무엇보다 그들의 마음속에 천풍에 대한 불신과 의심이 사라져가고 있었다.

'정말로 옥면신룡일지도 모른다.'

그것은 칼을 맞대면 맞댈수록 점점 더 확신이 되어가고 있었다.

상대가 불구대천의 원수라면 없는 실력이라도 쥐어짜내 복수의 칼을 휘둘렀겠지만 옥면신룡이라면 그들의 인생을 송두리째 바꾸어준 은인의 전인이자 사문의 존장이다.

인정해 버리면 그만이었다. 천무구룡을 상대로 이렇게도 압도적인 위용을 보이는 자가 옥면신룡이 아니면 누가 옥면신룡이겠는가.

그리고 옥면신룡이 틀림이 없는 것이라면, 전날 염장에게도 말했다시피 그들은 얼마든지 사문의 어른으로 예와 도를 다할 마음의 준비가 되어 있었다. 그러니 꺾여 버린 전의를 다시 불태울 이유도, 무거워져만 가는 칼을 다시 곧추세울 의지도 없는 것이다.

덕분에 애가 타는 천풍이다.

아직 성이 차지 않았다. 이제야 좀 몸이 풀리려는 참이었다. 이제야 좀 이십사수매화검법을 제대로 펼치기 시작한 참인데 정작 천무구룡은 처음의 기세는 다 어디다 버렸는지 맥없이 픽픽 쓰러져 간다. 최후까지 남은 하나는 급기야 냉큼 칼을 던져 버리고는,

"우리가 졌습니다."

간단히 패배를 자인해 버린다.

조금도 기쁘지 않았다.

"우리 천무구룡은 귀공을 천하오절의 전인으로 인정하고 사문의 존장으로 그 예와 도를 다할 것입니다!"

그 또한 전혀 유쾌하지 않았다.

찝찝하고 불쾌한 것이 마치 큰일을 보고 밑을 닦지 않은 기분이었다.

단지 흥이 깨져 버린 것에 대한, 그리고 이십사수매화검법에 대한 아쉬움만은 아니었다. 비록 이제 겨우 제대로 펼칠 수 있게 되었지만 이십사수매화검법에 대한 호기심이나 신선함은 얼추 해소가 된 상태였다. 그럼에도 아직 갈증이 다 가시지 않는다.

상승의 검법이 가진 그 맛과 재미를 알아 버린 지금, 이십사수매화검법에 대한 호기심이 얼추 해소가 되고 나니 이제는 다른 검이 알고 싶어졌다. 이십사수매화검법보다 더 깊은 맛이 나는, 그래서 더 재밌는…….

천풍이 추도향을 보았다.

"이십사수매화검법보다 더 뛰어난 검법은 무엇입니까? 그리고 그것을 배우려면 어떻게 해야 합니까?"

*　　*　　*

천풍은 자신의 방으로 돌아오자마자 짐을 챙겼다.

추도향이 불안한 듯 물었다.

"설마 지금 검문이나 무당파를 찾아가겠다는 것은 아니겠죠?"

추도향이 그 같은 걱정을 한 것은 조금 전 자신이 했던 대답 때문이었다.

'이십사수매화검법보다 더 뛰어난 검법이라면 당연히 사대검문의 수장인 무당파가 그 하나일 테고 검문이 그 둘이겠죠. 그리고 그들의 검을 배우는 방법이라면 그들 문파의 제자로 들어가는 것이 그 하나고 그들과 직접 칼을 겨뤄 보는 것이 또한 그 둘일 테구요.'

그녀의 대답을 듣자마자 바로 자신의 방으로 들어와 짐을 챙기고 있으니 혹시라도 두 번째 질문의 두 번째 대답이 천풍을 동하게 한 것은 아닐까 걱정했던 것이다. 하지만 괜한 걱정이었다.

천풍이 짐을 챙기고 있는 것은 단지 더 이상 이곳에 있을 수가 없어졌기 때문이었다.

염장의 사주로 천무구룡이 그에게 도전을 청했고 염장이 뜻한 바대로 천풍은 그들을 꺾어 천하오절의 전인으로 인정을 받았다.

이제 곧 새로운 질서니, 새 문파니 했던 일이 본격적으로 진행될 것이 뻔했다.

거기에 동참하고픈 마음이 눈곱만큼도 없었다. 염장의

꼭두각시가 될 생각은 더더구나 없다. 이 일을 얼굴 붉히며 따지고 드는 것도 성격에 맞지 않았다.

새로운 질서니, 새 문파니 그런 것들은 어차피 그와는 무관한 일이다. 절이 싫으면 중이 떠나면 그만이다. 그리해 떠나기로 결심을 한 것이었다.

간단히 짐을 꾸린 천풍이 지체 않고 몸을 일으켰다.

"대체 어디로 가시려는 거죠?"

추도향이 재차 물었다.

어차피 갈 곳이야 한 곳뿐이다.

지난 십 년을 살아왔던 곳, 어쩌면 지금쯤이면 고마우신 스승이 산문 아래까지 내려와 이제나 저제나 무심한 제자가 돌아오기만을 기다리고 있을 그 곳.

현천사(玄天寺).

잠깐 청무도장에 들를까 하다가 관뒀다.

서둘러 이별을 전해서 흥을 깨고 싶지 않았다. 게다가 황학루에서 헤어진 후로 그는 어차피 손님일 뿐이다.

황학루에 들러 취옥선을 만나 볼까도 싶었지만 과연 그녀가 반겨줄지도 의문인 데다 괜히 현천사로 돌아가는 걸음만 무거워질 듯해서 그것도 관뒀다.

그래도 하나 마음에 걸리는 것은 비무대회를 끝까지 보지 못하고 떠난다는 것이다.

하지만 현천사로 향하는 마음은 그 모든 아쉬움과 서운

함이 티끌처럼 느껴질 만큼 훨씬 더 크고 훨씬 더 그를 들뜨게 하는 것이었다.

제12장

한 수 배우고자 왔습니다

천극의 서

천풍이 그렇게 현천사로 떠나버린 후에도 무림대회는 차질 없이 진행되었고 그로 인한 여러 사건들이 풍문에 실려 대륙 곳곳으로 퍼져나갔다. 그중 단연 가장 큰 화제는 천절문(天絕門)의 개파선언이었다.

문주 옥면신룡.

호법 천무구룡.

천풍이 없음에도 문주 자리에 버젓이 옥면신룡의 이름이 올라가 있었던 것은, 천풍이 명백히 거절의 의사를 전하지 않고 떠나버린 탓도 있지만 염장으로서는 무리수를 두어서라도 그 좋은 기회를 놓칠 수가 없었기 때문이었다.

그렇다고 옥면신룡을 제외시켜 버릴 수도 없는 것이, 앞으로 비급의 주인들이 얼마나 더 나타날지 모르는 상황이다.

개중에는 분명 관여락처럼 독자적인 행동을 취하는 자들도 있을 터였다.

그런 상황에서 옥면신룡의 이름을 빌리지 못하면 천절문은 자칫 천하오절에 대한 정통성마저도 부정당할 수가 있었다.

그렇게 우격다짐격으로 시작된 천절문의 개파선언은 전대륙을 뒤흔들어 놓기에 충분했다.

비록 문주와 호법장로 열 명만으로 시작된 개파대전이었지만 개파선언 직후 입문을 위해 몰려든 자가 무려 삼만 명이나 되었다.

그 대단하다는 구대문파조차도 한 문파의 문도 수가 채 이천을 넘지 않으니 삼만이라 하면 구대문파의 문도 수를 모두 합친 것보다도 더 큰 규모였다.

그것은 염장의 계산마저도 월등히 넘어선 것이었다. 사우와 상무의 대활약과, 비록 결승에서 아깝게 패하긴 했지만 관여락의 눈부신 성과가 그만큼 무림인들을 자극시킨 결과였다.

물론 그렇게 분위기를 띄워놓은 그들의 이름이 정작 천절문의 명단에서 보이지 않는다는 것은 못내 아쉬운 점이긴 했지만 말이다.

어쨌거나 무림사 이래 최대의 사건이라고도 꼽을 수 있는 천절문의 개파선언으로 인해 많은 것들이 묻혔다.

청무도장의 두 아이들이 천절동자(天絕童子)라는, 호법에 버금가는 직위를 마다하고 소흥으로 돌아갔다는 것과 이천오백 냥이나 되는 거금을 홀라당 날려버린 관여락이 알거지 신세가 되어서 당분간 청무도장의 신세를 지게 되었다는 것, 그리고 청무도장의 어린 계집아이를 누님으로 받들어 모시게 되었다는 웃지 못할 소문까지도…….

그러나 그렇게 묻혀버린 사건들 중에서 그렇게 묻혀서는 안 되는 일이 하나 있었다.

그것은 바로 비무대회에서 우승한 도진에게 우승 상품으로 천하오절의 비급인 천류검법이 전해졌다는 것이다. 그로 인해 천풍에게서 받은 이십사수매화검법과 천류검법의 비급이, 그 필체가 동일한 것임을 도진이 알아 버렸다는 사실이다.

동일한 필체……. 그렇다는 것은 천풍이 천하오절 중 검절이라는 뜻이었다.

도진 혼자서 감당하기에는 너무도 엄청난 비밀이었다.

천풍은 그에게 있어 은인에 다름 아니었고 은인의 비밀은 지켜주어야 하는 것이 도리였지만, 이제는 문도 수가 삼만 명에 이르는 무림사 초유의 거대문파가 관계된 일이었다.

당금 무림을 뿌리째 흔들어대고 있는 그 거대문파의 주인에 관한 것이었다. 자신의 사사로운 마음으로 숨겨버리기에는 그것이 가지는 의미가, 감히 그가 감당할 수 있는 것이 아니었다.

고심을 거듭한 끝에 도진은 스승 단학영 앞에 두 권의 책을 내밀었다.

그러나 두 권의 책을 보고 난 후의 단학영의 표정은 도진이 생각했던 것 이상으로 심각해져 있었다.

참으로 길고 아팠던 기다림 끝에 다시 자랑스러운 화산의 미래로 돌아온 제자의 귀환을 미처 반길 새도 없이, 그가 그토록 심각해하는 것은 천하오절의 이름 때문도 천절문 때문도 아니었다.

단학영이 두 권의 책을 통해 보고 있는 것은 그런 허울들이 아니라 보다 근본적인 것이었다.

"고작 몇 번 본 것만으로 이것을 만들었다고 했느냐?"

단학영이 천하오절표 이십사수매화검법 책자를 가리키며 그렇게 물었다.

"십 년 전 있었던 저와의 비무가 도움이 되었다고도 했습니다."

"그게 가능한 일이라고 생각하느냐?"

"……."

물론 상식적으로는 불가능한 일이다. 하지만 부정할 수 없는 증거가 바로 눈앞에 있다.

"그래, 절대로 가능할 수 없는 일이지. 만일 그러한 것이 가능했다면, 단지 몇 번 본 것만으로 이런 것을 만들어 내는 사람이 존재했다면 무림은 결코 지금 같지 않았을 테니까. 지금과는 전혀 다른 모습의 무림이 되어 있었을 테니까."

"하오나…… 그 가능하지 않은 일이 실제로 존재하고 있지 않습니까?"

부정할 수 없는 증거가 바로 눈앞에 있다.

단학영이 고개를 끄덕였다.

"그래, 있지. 화산의 무공을 십 년, 아니, 백 년을 앞당겨 버린 것이 여기에 적혀 있으니까. 어쩌면 우리 화산이 무당파를 넘어 마침내 오랜 비원을 이루게 될는지도 모른다. 그러니 우리는 크나큰 기연을 얻었다고 할 수도 있다. 허나, 단지 이십사수매화검법만이 아니라면? 무당파의 무당태극검(武當太極劍)이나 태청검(太清劍)이라면? 점창의 사일검(射日劍)이라면? 청성의 칠십이파검(七十二波劍)이라면? 무슨 말인지 모르겠느냐? 단지 몇 번 본 것만으로 화산의 무공을 백 년을 앞당겨 버릴 수 있는 능력이 정말로 그 아이에게 있는 것이라면, 다른 문파의 것인들 다르겠느냐? 이는 곧 그 아이가 마음먹기에 따라서 무림의 역사는 물론이고 지금 이루어져 있는 모든 것을 송두리째 뒤바꿔 버릴 수가 있다는 말이다."

천풍이 누구에게 힘을 빌려주느냐에 따라서 무림의 판세가 바뀐다.

구대문파가 더 이상 구대문파가 아니게 될지도 모르고 무림사세가 더 이상 무림사세가 아니게 될 수도 있다.

"무공 한 자락 얻어 보고자 무림이 그 아이의 발아래 엎드릴 것이다. 그 아이의 힘을 이용하려는 간악한 자들도 나타날 테지. 천절문은 아마도 그 시작일 것이고. 다시 말해 그 아이의 손아귀에 무림은 사상 유래 없는 대혼란의 시대를 겪게 될지도 모른다는 말이다."

천하오절의 이름도 천절문의 세력도 아닌, 천풍이 가진 그 본연의 힘!

그것이 단학영을 이처럼 심각케 하고 있었다.

"무당산에 다녀오거라."

단학영의 명이 떨어졌다.

"필요하다면 무당 장문인께 이것들을 보여주는 한이 있더라도 사태의 심각성을 알려야 한다."

단학영의 말에 흠칫하는 도진이다.

필요하다면 두 권의 책을 보여주어도 좋다.

천류검법이야 그렇다고 하더라도 타 문파에게 화산의

독문절예를 보여주어도 좋다니? 그것은 화산파의 뿌리마저도 흔들어 놓을 수 있는 위험천만한 일이었다. 그럼에도 그 같은 결단을 내렸다는 것은 그만큼 천풍의 존재를 크고 두렵게 보고 있다는 뜻이었다.

그제야 사태의 심각성을 절감하는 도진이다.

그런 도진을 보며 단학영이 한 마디 덧붙였다.

"무당과 소림은 둘이면서도 하나이니 긴밀히 소통을 하고 있을 것이다. 무당 장문인께 사태의 심각성을 알리면 소림도 더는 문을 걸어 잠그고 있을 수만은 없을 것이다. 이름이 소천풍이라 했느냐?"

"예."

"그 아이로 인해 어쩌면…… 어쩌면 칠십 년 만에 다시 구대문파의 회합이 있게 될는지도 모르겠구나!"

* * *

한편, 그렇게 천절문의 개파대전으로, 혹은 천하오절이 남긴 무공서적으로 인해 세상이 온통 떠들썩해 있던 그 무렵, 천절문의 주인 자리에 당당히 이름을 올린 천풍은 그런 세상의 소란과는 상관 없이 유유자적한 걸음을 내딛고 있었다.

어느덧 강소성이 끝나가고 있었다. 그리고 천풍의 귀에

도, 또한 그의 뒤를 따르던 추도향의 귀에도 어김없이 개파대전의 소식은 닿았다.

"객이 없는 개파대전은 들어봤어도 주인 없는 개파대전은 처음 들어보는군요."

추도향의 말에 천풍이 씁쓸한 미소를 떠올렸다.

그 역시 염장이 이렇게도 막무가내로 일을 진행시킬 거라고는 생각지 못했던 터라 개파대전에 대한 소식은, 그리고 거기에 옥면신룡의 이름이 버젓이 올라 있는 것은 그에게도 상당히 충격적인 일이었다.

"주인 없는 개파대전이, 그것도 무려 삼만 명이 넘는 초유의 개파대전이 별 다른 무리 없이 진행되고 있는 것을 보면 염장이란 사람…… 생각보단 꽤 능력이 있네요."

개파대전이 무리 없이 진행되고 있는 것은, 물론 염장의 치밀한 안배와 발 빠른 대처가 한몫을 한 것은 사실이지만 단지 그 때문만은 아니었다.

천무구룡 모두가 거기에 동참한다는 상징성과 그들의 적극적인 해명이 없었다면 개파대전은 시작도 하기 전에 참담한 실패로 끝났을 것이다.

게다가 그 자리에 모인 삼만 명의 무림인들에겐 옥면신룡에 대한 호기심보다 천절문에 대한 기대와 열망이 훨씬 더 크고 뜨거웠던 것도 개파대전을 성공으로 이끈 중요한 요인이었다.

그래 봐야 천풍에겐 다른 세계의 일이다.

처음에는 많이 놀라기도 했고 자신의 뜻과는 상관 없이 제멋대로 일을 진행해 버린 염장에게 화가 나기도 했지만 달리 생각해 보니 그 또한 무슨 상관이냐 싶었다.

어차피 그는 옥면신룡이 아니었다. 옥면신룡이란 존재 자체가 세상에는 없었다.

염장이 내세운 옥면신룡은 결국 허상의 존재인 것이니 그가 발끈해할 이유도 없다.

염장이 옥면신룡이란 이름으로 무슨 짓을 하던 간에 그 모든 것은 자신과는 무관한 일이었다. 그 이름으로 문파를 만들든 돈을 벌든 천하일통을 꿈꾸든 그런 것에는 관심을 끊어버리면 그만이었다.

오히려 지금 그의 마음을 어지럽히고 있는 것은 그러한 소문이 아니라 추도향이었다.

'언제까지 따라올 작정이지?'

자신이 염가상단을 나서자 으레 당연하다는 듯이 따라온다. 그가 두 번째 벽을 넘어 제대로 상대해 줄 수 있을 때까지 평생이라도 따라올 기세였다.

생각만으로도 골머리가 지끈거려왔다. 그럼에도 싫은 말 한 마디 하지 않고 추도향과의 동행을 묵인하고 있는 것은 현천사까지의 먼 길, 그래도 말동무가 있어 그 역시 심심하지는 않았기 때문이었다.

그렇게 추도향을 말동무 삼아 천풍은 현천사로 향했다.

서두르지 않았다. 강소와 절강이라 하면 대륙에서 둘째가라면 서러울 만큼 산수가 빼어나기로 유명한 곳인데 무림대회를 위해 정신없이 달려왔던 탓에 제대로 구경을 못했던 것이 못내 아쉬웠었다. 그래서 현천사까지 가는 동안만이라도 강소와 절강의 아름다운 풍경을 제대로 눈에 담아 보자는 생각이었다.

여유롭고 한적했다. 그런 그들의 모습은 세상 유람 나온 선남선녀처럼도 보였다.

그리고 별다른 사고 없이 무난한 여정길이 이어진 끝에 마침내 그들의 걸음이 천목산에 닿았다.

산을 내려온 지 고작 반년 조금 넘은 시간이었다. 하지만 그 반년 동안 평생 겪은 일보다도 더 많은 일을 경험한 때문인지 마치 까마득히 먼 옛날처럼 느껴졌다. 그래서 왠지 정겨우면서도 아련하고 반가우면서도 애잔한 마음이 된다.

천풍은 뭉클해오는 감동을 애써 누르고 걸음을 재촉했다. 여기까지 오는 동안은 유유자적이었던 마음이 천목산에 도착하고 나니 스승 현야가 바로 가까이에 있다는 생각에 금세 마음이 바빠졌다.

아무것도 변한 것이 없었다.

천목산을 올려다 볼 때는 까마득히 먼 옛날의 일처럼 느껴졌던 것이 막상 천목산 안에 들어서고 보니 마치 어제도 그 길을 걸었던 것처럼 나무 한 그루, 풀 한 포기, 돌멩이 하나하나가 익숙했다.

그것은 현천사도 마찬가지였다.

아무것도 달라진 것이 없었다. 산을 내려오기 전 그대로의 모습이었다. 그리고 그대로의 모습이라는 것이 천풍을 실망스럽게 했다.

지난 반년 동안 문설주에 쌓인 뽀얀 먼지 말고는 아무것도 달라진 것이 없다는 것은 현야 역시 아직 돌아오지 않았다는 뜻이기 때문이었다.

끼이이익—

문을 열었다. 밖에서와 마찬가지로 군데군데 쌓인 먼지와 여기저기 널려 있는 낙엽들 말고는, 스승 현야의 방도 부엌도 모두가 산을 내려오기 전의 모습 그대로였다. 한데, 그렇게 모든 것이 그대로인 현천사에 산을 내려오기 전과 달라진 것이 딱 하나 있었다.

자신의 방이었다. 허탈한 마음에 맥이 풀려 버린 천풍이 짐을 풀기 위해 문을 연 그곳에, 모든 것이 그대로이건만 딱 하나 낯선 것이 있었다.

서찰이었다.

'혹시 스승님께서……?'

짐작되는 바가 있어 급히 서찰을 주워들어 펼쳤다.

순간, 천풍의 눈에 반가움이 어렸다. 아니나 다를까, 거기에 적힌 것은 분명 현야의 필체였다. 하지만 반가움은 잠깐이었고 이내 눈살을 찌푸리는 천풍이다.

거기에 적힌, 참으로 간단하고 간결한 글귀 때문이었다.

'나는 뜻한 바가 있어 천축으로 가게 되었다. 기약할 수 없는 길이니 기다리지 말거라.'

난데없이 천축이라니?

천축이라면 일이 년으로 오갈 수 있는 거리가 아니다. 더구나 느긋함이 지나쳐 다른 사람에겐 한나절 거리가 현야에겐 열흘이 되기도 하는 만큼 그야말로 기약할 수 없는 길이었다.

'대체 무슨 일로 갑자기…….'

쌓인 먼지들이 그대로인 것을 보면 현야도 잠깐 들렀다가 급히 서찰만 남기고 떠난 것 같았다. 그러고 보면 필체 또한 분명 현야의 것이긴 했지만 평상시와는 다르게 흔들림이 심했다.

'그만큼 급했다는 것인가?'

하지만 크게 걱정은 되지 않았다.

천축이라 하면 불교의 성지였다. 그리고 불교의 성지라면 현야의 관심을 끌만한 것이야 부지기수로 많을 터였다. 다분히 즉흥적이고도 기분파인 현야인 만큼 분명 불도에 관한 무언가에 흥이 동한 것이 틀림없었다.

'아무리 그래도 그렇지, 그렇게 먼 길을 가시면서 제자 얼굴 한번 보지 않고 그리 가시다니…….'

하긴, 그 역시 잠깐 다녀온다는 것이 반년을 넘게 지체했으니 딱히 현야를 원망할 일도 아니다.

'그나저나 이제 어찌한다?'

그가 그리워했던 것은 현야였지 단지 현천사가 아니었다. 물론 이 공간이 정겹지 않은 것은 아니지만 그렇다고 기약도 할 수 없는 시간 동안 마냥 현야가 오기만을 기다릴 수만은 없는 일이었다. 더구나 옆에는 추도향이 찰거머리처럼 달라 붙어 있다.

아무리 서로 간에 남녀의 감정이 없다지만 그래도 오가는 이 아무도 없는 깊고도 외진 산속 절간에서 과년한 남녀가 같이 지낸다는 것은 상당히 껄끄러운 일이었다.

이런 저런 고민을 해봐도 당장 어떻게 할지 결정을 내리기가 힘들다.

천풍은 일단 앞으로의 거취에 대한 생각은 접어두고 현천사의 지난 반년 동안 묵은 때를 벗겨내기로 했다.

먼저 걸레질을 했다. 현야의 방과 자신의 방, 부엌의 솥뚜껑까지 빠짐없이 먼지를 닦아낸 천풍은 다음으로 낙엽을 쓸었다.

한번 손을 대기 시작하자 의외로 일이 많았다. 깨진 지붕 기왓장도 갈아야 했고 젖은 장작도 새로 해야 했다. 멧

돼지들이 들이받기라도 했는지 뒤쪽 담벼락은 보기 흉하게 구멍도 나 있었다.

하루 만에 될 일이 아니었다.

다음날이 되고 그 다음날이 되도록 작업은 계속되었다.

아무 생각 없이 단순 노동을 하다 보니 오히려 머릿속은 맑아졌다. 그리고 앞으로 무엇을 해야 할지, 무엇을 하고 싶은 건지도 보다 명확해졌다. 그리해 사흘째 되는 날이었다.

현천사 손질을 모두 마친 천풍이 추도향에게 말했다.

"무당파로 가야겠습니다."

* * *

태화산(太和山)이라고도 불리는 무당산(武當山)은 호북성 균현(均縣) 남쪽에 위치해 있다. 산의 대부분이 운모편암으로 이루어져 있어 괴이한 모양의 봉우리가 많았고 굽이쳐 흐르는 계곡 또한 단연 절경이라 할 만했다.

그러나 무당산이라 하면 가장 먼저 떠오르는 것은 그 괴이한 모양의 봉우리가 아니었다. 그렇다고 굽이쳐 흐르는 계곡의 절경 또한 아니었다.

무당파(武當派).

소림사와 더불어 무림의 태산북두(泰山北斗)로 일컬어지

는 대무당본파(大武當本派)가 바로 거기에 있었다.

"사형, 아까 그 화산의 장문제자라는 사람 말이에요. 이번 무림대회에서 우승을 한 사람 맞죠?"

아직 관건의 예도 받지 못한, 그래서 상투도, 도관도 쓰지 못한 열두엇 정도 되어 보이는 생머리의 어린 동도(童道)였다. 그 아이가 사형이라 부른 자 또한 기껏 약관이나 되었을까 싶었다.

어린 동도는 아직 관건의 예를 받지 못한 탓에 속세의 이름인 유청(劉靑)을 그대로 쓰고 있었고 사형이라 불린 청년은 진원(眞元)이라는 도호를 가지고 있었다.

생김이나 차림은 평범해 보여도 진원으로 말할 것 같으면 현 장문인 해천(海遷)의 막내 제자였다.

유청의 물음에 진원이 고개를 끄덕이자 유청이 다시 물었다.

"그런 사람이 갑자기 무슨 일로 왔을까요? 제대로 격식도 갖추지 않은 것을 보면 소림의 그분처럼 본파가 문을 열었다고 인사차 오신 건 아닌 것 같은데……."

"글쎄. 무림대회가 끝나고 바로 본파를 찾은 것도 그렇고, 스승님을 급히 뵙고자 하는 것도 그렇고 아마도 천절문에 관한 일인 것 같긴 하다만은……."

"하긴 그도 그러네요. 요즘은 너나 할 것 없이 다 그 애

기쁜이니까요. 그것 때문에 본파가 문호를 개방한 것마저도 묻혀 버렸을 정도니까……. 칫! 천하오절인지 뭔지 그게 뭐 대수라고…….”

유청이 기분 나쁘다는 듯 입술을 삐죽이 내밀었다. 그도 그럴 것이, 무당파가 문호를 개방했다는 소식이 전해지면 무림이 떠들썩해질 줄 알았다. 무당파의 이름은 그만큼 대단한 것이었고 대단한 것이어야 했다.

한데, 어중이떠중이가 모여 만든 괴상한 문파 하나 때문에 무림의 태산북두인 무당파가 완전히 묻혀 버렸다.

자존심이 상했다. 어린 마음에, 그런 어쭙잖은 문파에 열광하는 무림인들이 한심스럽기도 하고 괘씸하기도 했다.

하지만 기분 나쁜 것도 잠시, 문득 호기심이 생겨서 물었다.

“근데 사형. 누가 이길까요?”

“……?”

“진현 사형이랑 붙으면 말이에요. 소림에서 오신 분은 진현 사형과 같은 신주오기 중 한 분이고, 화산파의 장문제자라는 분은 비무대회에서 우승을 차지하신 분이고, 들어 보니까 그분으로 인해 신주오기가 신주육기로 불리게 될 거라고도 하던데……. 아무리 그래도 진현 사형에겐 어림도 없겠죠? 진현 사형으로 말할 것 같으면 장삼풍 조사님의 후신이라 불릴 정도의 대기(大器)인데다 장삼풍 조사님 이후로 아무도 깨치지 못했다는 태극혜검을 벌써 6성이나……."

유청은 더 이상 말을 잇지 못했다. 진원이 유성의 볼을 사정없이 꼬집어 비틀었기 때문이었다.

"아, 아야! 사, 사형 왜 그러세요?"

"내후년이면 관건의 예를 받을 녀석이 기껏 한다는 생각이 그런 유치한 것이냐? 그럴 시간 있으면 좋은 말씀 담긴 책이나 더 읽고 한 구절이라도 더 마음에 새겨."

진원이 볼을 놓아주자 유청이 울상을 지으며 뿌루퉁이 대꾸했다.

"허구한 날 읽는 게 도덕경에 사서에 삼관경에 옥황경인데 거기서 또 뭘 더 읽으라는 거예요? 이제 책이라면 지긋지긋하다고요. 그럴 시간에 차라리 검술이나 한 자락 더 익힐래요. 이래 봬도 전 그냥 도사가 아니라 무림의 협객 호걸 도사가 되고 싶단 말이에요."

"그렇게 익히는 무공을 바로 근본 없는 무공이라 하는 거다. 근본 없는 무공으로 휘두르는 검은 살검이 되는 것이고. 다시 말해 무림의 협객 호걸은커녕 마두가 되기 딱 십상이라는 말이다."

"흥! 해연 사백님께 들어 보니까 그러는 사형도 어릴 적에는 글 공부는 죽어라 안 했다더만 뭐……."

"……!"

제대로 정곡을 찔렸는지 움찔하는 진원이다.

반대로 그 모습에 득의의 눈빛을 던지는 유청을 보며 약이 오른 진원이 다시 뭐라 반박을 하려는데, 문득 산문 아래에서부터 인기척이 들렸다.

가만히 산문 아래를 내려다보자니 곧 일남 일녀의 모습이 보였다.

20대 초반의 사내는 제법 준수한 외모를 가지고 있었고 여인은 얼핏 자태는 고왔지만 면사에 가려져 있어 얼굴을 확인할 수는 없었다.

이윽고 일남 일녀가 그들 앞에 당도했다.

"여기가 무당파입니까?"

일남 일녀 중 사내가 불쑥 그렇게 물었다.

당연히 무당파다. 현판에도 버젓이 무당파라고 쓰여 있지 않은가.

"본파에는 어찌 오셨습니까?"

진원의 질문에 길을 제대로 찾아온 것이 다행이라는 표정이다. 하지만 대답은 바로 들려오지 않았다.

뭔가 잠시 머뭇거리던 사내가 슬쩍 옆의 여인에게 눈길을 준다.

어딘지 어수룩해 보이는 그 모습이 왠지 웃음이 나는 진원이다. 하지만 그 웃음은 이내 정중히 포권을 취하며 던져오는 사내의 한 마디에 씻은 듯이 사라지고 말았다.

"무당파의 검…… 한 수 배우고자 왔습니다."

『천극의 서』 5권에서 계속